メディアワークス文庫

いつか、彼女を殺せますように

喜友名トト

目　次

プロローグ

僕の生涯のすべてを懸けて、彼女を殺すと誓った。

それこそが、僕の人生の最大の目標だった。そのために生きてきたつもりだ。

彼女と出会ったのは、当時僕が住んでいたアパートの一階にあるベーカリーだった。

きっと僕は、死ぬまでその光景を、初めて見た彼女の横顔を忘れないと思う。

僕はそのとき、店内でトングをカチカチさせていた。どのバスケットに入っているパンを買うか、迷っていたのだ。そういうときは、大体の人がトングをカチカチさせるような気がする。理由は知らないけど。

彼女はそんな僕のすぐ近くでクロワッサンをバスケットに入れる作業をしていた。

僕はその横顔に魅せられた。

青いエプロンとバンダナをしている彼女は店員なのだとすぐにわかった。それと、新しく働きだした人なのだろうともわかった。というのも当時の僕は毎日そのベーカリーで朝食のパンを買っていたからで、店の店員さんを全員覚えていたからだ。

ただ、そんな判断をしたのは実際には彼女を見てから数秒後のことだ。僕の冷静な思考能力はその数秒間、停止していたのである。

彼女に、目を奪われていた。綺麗な人だったから、というわけではない。もちろん彼女はとても綺麗な人だけど、それだけじゃないという意味だ。僕には、彼女が星のように見えた。比喩的な意味ではない。星を見たときの、いや僕の職業を考えてより正確に言えば、天体を観測したときに感じるあの気持ちを、彼女からも感じたのだ。

小学生のときに亡くなった僕の父親は町工場で望遠鏡を作る職人だった。親子でこと座のベガを観測しに出かけたときに、父親が教えてくれたこと。

『あの星は地球から二十五光年離れているから、今僕たちが見ている光は二十五年前のものなんだよ。ずっと遠くにある、ずっと昔からある星さ』

そう聞いたうえでベガの輝きを見たときのあの気持ち。彼女を一目見た僕はそれを思い出した。あとからわかった彼女の事情を考えてみると、僕の直感はそれなりに鋭いと言えると思う。彼女にはよく鈍いと言われてきたけど。

彼女の長い髪は亜麻色で、肌は白くて目は碧かった。外国の人なんだろうな、と思った。それから、あの絵に似てるな、とも感じた。

フェルメールの『真珠の耳飾りの少女』だ。

日本でもわりと有名な絵。青いターバンと真珠の耳飾りをした少女がこちらに振り返っているやつだ。濡れたような唇が瑞々しくて、深く澄んだ瞳が印象的な絵画だ。驚くべきことに、僕の感じたことはまたしても鋭かったわけだ。彼女があの絵に似ているのは当然だったのだから。

とにかく、僕は一目で彼女に惹かれていたのだと思う。本当に彼女のことを好きになったのはもう少しあとのことだけど、一目惚れといってもいいのかもしれない。毎日毎日、星ばかり見ていた僕だから、彼女が秘めていたものになんとなく気づいて、それで惹かれたのではないかと推測している。そして距離が近づいていく中で、僕は彼女のことをとても大切に思うようになった。恋をした。

恋はやがて別の感情に変わった。彼女を殺すと誓った。

もしそれが叶わなければ、せめて彼女に一生を捧げるつもりだった。彼女は僕の誓いに涙を流したけど、どの程度本気に思ってくれていたのか、今となってはわからない。ただ、今、僕の誓いの結果が明らかになろうとしていることだけは事実だ。

これは、僕と彼女と星の物語。僕が彼女を殺すと決意するに至った思い出話だ。

最初に彼女と出会ってから、実際に間抜けなセリフで話しかけるまで一か月間もかかったことを、僕は彼女に秘密にしている。

それは素敵な夢ですね

「ぼ、僕と付き合ってくれませんか⁉」

冬乃昴は、自分がそう口にしてしまったことに気づき、慌てて口を押さえた。もちろん、意図していない言葉だ。

ここは昴の行きつけのベーカリー、『ZUZA』で、目の前にいるのはレジに立ってくれた店員の女性である。彼女のことは『クロエ』という名前くらいしか知らない。それすらも店員である彼女がしていた名札から得られた情報である。よく顔を合わせるとはいえ、まともに話したこともない相手なのだ。昴の他に客がいないことは幸いだったが、それにしてもマズい。小さいながらパリにでもありそうな洒落たベーカリーの空気が、凍り付いたように感じる。

間違えた。僕はいきなり何を言っているんだ。これじゃあまるで変なヤツじゃないか。いやそれ以前に、彼女を困らせるに決まっている。店にも迷惑だ。

こんなはずではなかった。軽い世間話から、自然にお茶か食事にでも誘うだけのつもりだった。だがシミュレーションは初手から崩れた。彼女のほうから話しかけてきたのだ。

よしこれから世間話を始めるぞ、と意気込んだ瞬間のことである。

「チョコレートデニッシュ、お好きでいらっしゃるのですね」

憧れていた彼女から話しかけられたことで昴の歯車がずれた、いや壊れたのである。

おそらく極度の緊張のためかと思われた。

「え、あ、え……」

「店長からお聞きしたのですが、お客様はお若いのに難しい研究をされている学者先生だそうで」

「あ、ええと……僕は……」

穏やかで優しい微笑み(ほほえ)を浮かべるクロエ。絹糸のように細く美しい声でかけられた彼女の言葉に対し、昴は慌てふためきモゴモゴしていることしかできなかった。

「甘いものは脳の働きにいいと言いますもの」

「ぼ、僕と付き合ってくれませんか!?」

という流れである。唐突極まりない。バカ丸出しである。臨時とはいえども准教授として大学で天体物理学を研究している人間とは思えないほどにバカ丸出しである。

こんなことだからモテないのだ。いや、モテないからこんななのだ。

「まぁ」

真っ赤になって俯く昴に対して、クロエは頬に手を当て、困ったような表情を見せた。眉の角度が下がっている。何か、考え込んでいるのだということがわかった。

「お付き合い、と仰いまして？」

さらさらと長い亜麻色の髪、白磁のような肌、紺碧の瞳。白人らしい特徴を有する外見から察するに彼女は外国人、あるいは彼女の父母や祖父母が外国人なのだろう。しかしクロエ自身の仕草や楚々とした言動は、まるで明治時代の日本人女性のようにどこか古風だった。

「すすす、すみません。ええと、そういう意味ではなく……。ああ、いやそういう意味かもしれないんですが、ええと、だからですね……」

口が滑った、としか言いようがなかった。最終的に付き合うとかそういう妄想をしたことがないではなかったが、昴はクロエのことをほとんど何も知らない。だから、まずは普通に話をしたかっただけなのだ。と、いうようなことを説明することは昴のコミュニケーション能力では不可能に思えた。

そもそも店員の女性を誘うなんてことは男女交際のとっかかりとしてはかなりハイ

レベルなことだ。二十八歳にもなってたいした経験もない昴にそんなことができるわけがなかった。

「……やっぱり、なんでもないです。忘れてください。そう続けようとした昴よりも、クロエの返事のほうが早かった。

「私でよろしければ……。どちらに連れて行ってくださるのかしら」

「え」

「え？」

驚き、硬直する昴、そんな昴の反応に不思議そうな顔をするクロエ。ベーカリー『ZUZA』の店内には、いつもBGMとして流れているビートルズの楽曲だけが響いた。

今起きたことを、現実として受け止められない。昴は立ち尽くした。もともとよく空想をするほうだが、いよいよ妄想と現実の区別がつかなくなったのではないか、いやそもそもこれは夢なのではないか、そんなことを考える。

僕は付き合ってください、と言った。そして彼女は私でよろしければと答えた。

これはどういうことだ。そのままの意味なのか。いわゆる交際がスタートしたということなのか。いやそんなはずはない。きっと何かの勘違いだ。聞き間違えとか言い間違えとか、そういうものだ。しかし、何をどう間違えたというのだろう。例えば……。

混乱したまま、様々な可能性を検討していく昴。

その間、クロエはテイクアウトのコーヒーを用意し、いくつかのパンを紙袋に詰めていた。チョコデニッシュも入っている。

「お待たせしました。どうぞ」

「……あ、はい。ありがとうございます」

「こちらも」

クロエがそっと差し出してきたのは、ショップカードだった。彼女はエプロンのポケットからペンを取り出し、カードに何かを書いている。何か、そんなものは一目見ればわかる。電話番号だ。ベーカリー『ＺＵＺＡ』のものではない番号。きっと、彼女のプライベートのものだ。

「ご連絡、お待ちしていますわ」

店の奥にいる他のスタッフには聞こえないようにとの配慮か、クロエは口元に手を当て昴に耳打ちをするようにそう囁（ささや）いた。

語尾につく『わ』。関西の話し方としてのそれではなく、いわゆる女性的な表現としてのそれ。昴は女性がそんな話し方をするのを初めて見た。現実で遭遇したらアニメとは違ってさぞかしおかしく聞こえるだろうと思っていたのだが、クロエの話し方は奇妙なほどに自然だった。少女の面影が残る彼女は昴より年下だろう。なのに気品と落ち着きがあり大人びた雰囲気がある。そんな彼女に連絡先を教えてもらえたことが信じられなかった。

「わ、わかりました。で、電話しまふ」

昴はそんな風にしか答えられず、バタバタとベーカリーをあとにした。

頭の中では、店内のBGMだったビートルズの曲、『シー・ラブズ・ユー』がずっとリピートしていた。

※※

「薩摩（さつま）！　とんでもないことが……はぁ……はぁ……とんでもないことが起きたぞ！」

ベーカリーを出て三分後、自宅であるアパートの一室に飛び込んだ昴は息も絶え絶えながら、それでも意気揚々とそう口にした。

息が絶え絶えなのは、この建物の一階にあるベーカリーから五階である自宅への移動手段が階段だからである。二階までは考え込みながら歩いていたが、三階に差し掛かったところから駆け出していた。なお、エレベーターは昴がここに越してきた当初からずっと故障している。

だが、そんな様子の昴に対して、ルームメイトの薩摩はさして関心を払わなかった。

「とんでもないことが何かは知らないが、ボクのクロワッサンとベーグルを早く皿に置いてくれ。キミはいつもより四分も遅くベーカリーから戻ってきている。せっかくのダージリンの温度が二度も下がってしまったじゃないか」

いつものテーブルのいつもの席。角度まで決まっている椅子に掛けた薩摩はそう言って卓上の皿を指す。相変わらずの無表情だ。ひょろりとした長身や大量に持っている同じ服を毎日着ていることもあわせて、ロボットのようだと思う人もいるであろう。

「はいはい。わかったよ」

昴はそう答えつつ薩摩の皿に彼の分のパンを置き、自分はその対面に腰かけた。乱れた呼吸を整え、テイクアウトしてきたアイスコーヒーを一口。それから改めて口にする。

「で、何が起きたと思う？」

「近所の山田さんが飼っている犬が妊娠したのかい？」

「……いや、なんでそう思うんだよ。僕がクロエさんを食事に誘いに行ったことはわかってるだろ」

「キミの言動を見れば、キミにとって喜ばしいことが起きたことは推測できる。だが、クロエ嬢を食事に誘った結果に起因するものとは思えない。そちらはキミを落ち込ませる結果となることが目に見えているからだ。しかしキミは現に嬉しそうにしている。ならば他のことだろう。そしてキミは動物が、とりわけ哺乳類の幼体が好きだ。捨てられていた子猫を保護して信頼のおける引き取り手を見つけてやったことは記憶に新しい。そして、このあたりで哺乳類といえば向かいの山田さんだ。以上」

薩摩は一息にそう話すと、自身の推論に満足したようにダージリンを啜る。おそらく日本有数の頭脳の持ち主である薩摩だが、日常においてはピントのズレたことを言う。そうした彼にはウンザリすることも多い昴だが、今日ばかりは気にならなかった。

「はずれ。実はだな……」

さきほど起きた喜ばしい奇跡を、理屈屋のルームメイトに聞かせる。

「なんだって？　それは隕石が頭部にぶつかって死ぬほどの確率だったはずだ」

薩摩は博士号を持つ数学者である。しかも賞金のかかっている証明問題をいくつか解き明かし、さらに海外の大学にいたころには研究内容で世界的に注目されている。今ではフィールズ賞が期待されるほどの数学者であり、そして変人である。だから、比喩や冗談で確率を口にしない。彼とは幼馴染でもある昴はそれをよく知っていた。

「いやいくらなんでも。えーっと、0・00007％くらい？　よりは高いだろ」

昴はフェルミ推定を利用して隕石がぶつかる確率を試算してみた。可能性が低すぎる。失礼な話だ。

「ふむ。まあ、0じゃない可能性なら実現することもあるという貴重な実例と言えるね。おめでとう。きっとキミの研究同様、この先は上手くいかないかもしれないが、恋愛における一時の喜びは人生を豊かにするものだそうだよ」

薩摩はクロワッサンを一度皿に戻し、一ミリも感情の入っていなさそうな乾いた拍手をしてみせた。彼とはそこそこ長い付き合いになる昴はわかるのだが、薩摩は別に悪気があって、皮肉として今の発言をしたわけではない。ただ、本気でそう思っているだけだ。だからなお悪い。

「それはどうもありがとう」

「どういたしまして」

昴は皮肉としてお礼を言ったが薩摩はそれを理解しない。昔から変わらない、いつものやりとりだ。

僕は何故(なぜ)コイツとルームシェアをしているのだろう。昴は一か月に二十三回は思うことを今日も思った。そしていつものようにリビングにある窓からの景色に目をやる。大きな窓からは海が見える。朝日に照らされた海は美しく、夜のベランダに立てば星もよく見える。昴の天体望遠鏡を設置するのにもってこいだ。

次に室内を見る。リビングダイニング、キッチン、それと寝室が二つ。多少古いが十分すぎるほどに広く、洒落ているとも思う。昴の勤め先の大学は徒歩圏内で、一階には朝食を買えるベーカリーがある。いい部屋だ。観光地としても人気の湘南(しょうなん)においてこれほどの物件は他になく、当然家賃も高い。ゆえにそれを折半するルームメイトは必要で、インドア派でオタク気質で友達が少ない自分には幼馴染の薩摩しかいなかった。中学のときに国内と海外で別れたことはあるものの、それ以前は一緒に過ごしてきたから一応気心は知れている。だから仕方がない。仕方がないと言ったら仕方がないのだ。

「キミは時々、窓のほうを見るね。何かあるのかい？」

クロワッサンを食べ終えたらしい薩摩が、遠い目をしていたであろう昴に問いかけた。

「自分を納得させるために必要な儀式なんだよ」

「なるほど。心配しないでいい。ボクは友人の宗教には寛容なんだ」

昴は薩摩の寛容なお言葉を無視し、チョコレートデニッシュをアイスコーヒーで流し込んだ。甘く、柔らかい、チョコレートが少しだけほろ苦くて、いつも通り美味しい。そしてこの美味しさが、さきほど起こった喜ばしい出来事を思い出させてくれた。

店員と客、という状態から一歩前進したのは間違いないのだ。目を閉じれば、優美な彼女の姿が浮かび上がってくる。

「薩摩に普通の反応を期待した僕がバカだった。でもいいんだ！　今僕は幸せだから」

「クロエ嬢のことかい？　なるほど、キミにとっては数少ないチャンスだものな。しかしすまない。恋の進展について語らい、相談に乗るのは友人の務めだと理解はしているがまたにしてくれ。ボクはもう行かなくてはならない」

朝食を終えた薩摩は自身の食器を持って立ち上がった。いつも通りの歩数でキッチンに移動し、いつも通りの手順で食器を食洗機にかける。ただいつもよりだいぶ時間が早い。

「あれ？　薩摩、もう出勤？」

「休職者の代理で月曜だけ一限目の講義を持つことになってね。学生への講義などに時間を費やしたくはないが、日本の大学に籍を置く以上仕方がないさ」

「それはそれは。僕は今日は二限からだから、あとで行くよ。行ってらっしゃい」

通勤用のバッグを抱えた薩摩を見送り、昴はコーヒーの残りを飲み干した。二限目からの出勤ではあるが、それほど時間があるわけではない。講義の前に研究室に寄って進めておきたい作業もある。今日は夜にバイトも入っている。わりと忙しい一日になりそうだ。

とはいえ。

「ふふふ」

気が付くと笑ってしまっていた。クロエのあの返事を思い出すだけで、頬が綻ぶ気がする。確認してみようとバスルームに移動して鏡を見ると、瘦せた天然パーマの若い男が、やはり一人でニヤニヤしていた。このまま外出すると不審に思われそうなので、意識して真顔を作る。またニヤけた顔になる、再度真顔にする。

「浮かれない浮かれない」

自分にそう言い聞かす。まだ何かの勘違いの可能性はあるし、自分のことだからヘマをするかもしれない。そしてこれから仕事だ。それは真面目にやらなくてはならない。なのでこの奇跡については一度忘れよう。で、やるべきことを終えたらまた喜び、それからクロエに連絡を取ってみよう、そう決める。

昴は外出の支度を済ませ、部屋をあとにした。五階から下まで降りるのは手間なのだが、足取りはいつもより軽い。

今日ばかりは、自分が価値ある何者かであるように思えた。後世に語り継がれる偉業を成し遂げたような、冬乃昴という人間の存在を世界に証明したような、そんな気分。

もちろんそれが呑気(のんき)な錯覚であることはわかっているし、本来は天文学の分野でそれを感じなければいけないのだと自分を戒めもする。だがそれでも。

「……うし！」

高揚感がある。冬の青空の下、アパートの外に踏み出した一歩。この先はどこか遠くの素敵な場所に続いている、気がした。

※※

と、思ったのは本当にただの気のせいだったらしい。担当している天文学概論の講義をしている途中で、昴の高揚感はだいぶなくなっていた。

「えーっと、なので、天の川銀河というのは……」

湘南文化大学、理学部棟。その一階にある広い講義室の教壇に立ち、天文学について話す。この講義は、専攻分野も決まっていない大学一、二年生に向けた教養科目である。だから昴は自分にとっては面白くても学生たちが興味を持てないであろう学問的な話はやめて、できるだけ身近なところの話をしようと決めていた。ちょうど今は実際に地球があり、人類も住んでいる天の川銀河について説明している。

それほど難しい話ではないし、学生たちにも興味を持ってもらえるかもしれない、そう考えてだいぶ前から資料なども準備してきた。してきたのだが。

「し、質問ある人いますか？」

昴がときおりそう問いかけてみると。

「先生って独身ですかー？」

「講師って儲かるんですか？」

というような反応が戻ってくる。仕方がないので素直に答えると、講義室中が『やっぱりそうなんだー』『かわいそー』という笑いに包まれる。笑っていない学生は一部で、その一部の大半はスマホを弄っているか寝ている。要するに昴の講義は学生たちに興味を持たれていない。

昴は現在二十八歳でありその若さゆえに舐められている、新入生が多く高校生のノリが残っていて浮かれている、という部分もあるのだろう。あるいは、気を付けていないと小声になりがちな昴の説明が聞き取りづらいのかもしれない。だが、それ以上に自分は彼らにとって興味深い講義をできていないのだろうと思わされた。

昴や薩摩が勤めている湘南文化大学は比較的最近に設立された大学だが、理系の学科の偏差値は高い。なかでも物理学や天文学、数学の分野には力を入れて研究を行っていることで近年それなりに名が知られている。そこに入学した学生なのだから、理系分野についてはは多少関心があるはずだとは思う。その彼らが楽しいと思える内容を提供できていない。

その事実を申し訳ないと感じる。学生たちに対してだけではない、なにより、天文学や星々の世界、そこに挑んできた先人たちに対してである。

「……じゃあ、最後に今日のまとめと今後の講義の予定についてですが……」

残り時間が五分になったので、講義の終了に向けて話し始めると、学生たちが少しだけ耳を傾けてきた。退屈な時間がもうすぐ終わるという期待のためだろう。

十二時二〇分。二限目の講義終了の時間だ。

「それでは講義を終えます。また来週」

昴が最後にそう言うと、学生たちはまさに蜘蛛の子を散らすかのように講義室を出ていく。質問や講義の感想を言いに来るものは一人もいない。

「……ふーっ」

昴は一度大きく息を吐き、ホワイトボードに書いた図やキーワードを消すべくクリーナーを手に取った。

きゅっ、きゅっ。一人しかいない講義室になんとも間抜けな音が響く。消されていく銀河を表した図が虚しい。後期の終了が近くなった今日も、前期に引き続き好評を得られなかったという事実が重い塊となって頭の上にのしかかる。

講義室の片付けや今日の反省点をまとめておく作業を終えた昴は学食に移動した。

薩摩をはじめとした親しい大学教員を見つければ一緒に昼食を取ることもあるが、今日は誰の姿もない。なので、昴は素うどんを買い求めると一人で座った。

昼時の学食なので、当然周りは学生ばかりだ。わいわい、がやがや、賑やかだ。

実際にはそうでもないのかもしれないが、誰もが悩みなどなく明るく楽しそうで、人生を謳歌しているように思えた。

自分がうどんを啜る音に混ざって、学生たちの色々なおしゃべりが聞こえてくる。

「春休み、皆で旅行いかね？」

「軽音サークルの夏希(なつき)先輩ってカッコいいよね」

「え、お前あんな大企業から内定でたの？」

「さっきの銀河系がナントカっていう講義眠かったわー。まあ、単位取りやすいらしいからいいけど」

最後に耳に入ってきた単位についての発言は聞き流す。

それにしても、遊びに恋に就職に。どれも、学生時代の昴には遠いものだったことを思い出す。当時は生活費を稼ぐためのバイトや論文を書くのに忙しくしているうちに終わってしまっていた。要領が悪い自分がいけないのだが、必死にやらなければ奨学金がうちきられていたことを考えると仕方ない。仕方がないのだ、と自分に言い聞かせる。

素うどんだけの昼食を終えると、次は研究室に移動。ただし、任期付きの特定准教授である昴は、正真正銘の教授である薩摩とは違って自分の研究室を持っていない。なので、昴の仕事場である研究室は世話になっている中村(なかむら)教授のものを間借りしている形となる。

「えーっと、あ、この前のデータ分析からやらないとな……」

デスクトップPCとラップトップの両方を立ち上げ、先日送られてきた宇宙望遠鏡からの観測データを開く。おそらく、専門外の人間が見てもさっぱり意味がわからないであろう膨大な情報量。これを解析していかなければならない。観測、数値計算、気が遠くなるほどそれを繰り返し宇宙や星々の在り方や法則に迫るのが、天文学者の仕事だ。

「……」

本日、中村教授は学会で出張しており、研究室付きの博士研究員たちもそれのお供をしている。また、この研究室には出入りする学生もいない。なので、必然的に昴は一人で黙々と作業を進めることになる。

資料や機材だらけの暗くて狭い研究室で、遥かに広く美しい星々の世界に思考を走らせていく。ただ、やはり今日も。

「……うーん」

あまり、芳しくはなかった。この作業がイヤとかやりたくないとか、そういうことではない。むしろ好きだ。肉眼では決して見ることのできない遥かな宇宙の輪郭に触れるこの作業にときめいた気持ちは忘れていないし、これで給料を得ているのだから真面目にやらなくてはならないと日々努めている。

しかしさっぱりゴールが見えてこない。

昴は『赤方偏移が大きい銀河を発見する』ために、つまりは『より地球から遠くにある銀河を見つける』というプロジェクトのために雇用されている特定准教授だ。ゆえにこの目的の達成に向けて最善を尽くさなくてはならない。

だがそれは壮大すぎる目標に思えた。

「……ふー。コーヒーでも、淹れようかな」

作業に没頭しすぎて目が疲れたため、小休止を入れることにした。電気ケトルを使って、お湯を沸かす。水が湯に変わるまでのわずかな時間、目を閉じて休むのだ。

壮大すぎる目標、それが叶えば、天文学者として大きな実績になることは間違いない。だが、そう、正直に言えば『できる気がしない』。

遠くの銀河を発見することは、世界中の天文学者たちが競って求めていることだ。より遠くの銀河とはつまり、宇宙が誕生してから間もなく生まれた、より古い銀河。気が遠くなるほど遠くで、永遠に等しく思える時間存在しているもの。それが見つかれば銀河と宇宙の形成を摑む手がかりとなる。

それを、この僕が？

そう考えてしまう。自分はロクな人物ではない。ただ天体望遠鏡を作る職人だった父親の影響を受けて、好きだったから、あるいは他にできることがなかったから天文学者としての道を進み、任期付きの特定准教授には運よくなれた。本当に、運よくだ。大学受験もとても苦労したし、卒業論文も修士論文も博士論文も必死にやったわりにギリギリで通る程度の評価しか得られず、それで今に至っている。中学の途中で渡米して大学に行き、飛び級で学位を取り、二十代で教授となって帰国した薩摩とは大違いだ。

そんなわけなので、現在の昴は将来の展望はまるでなく、収入も低く立場も不安定。人付き合いが苦手で友人も少なく、女性に好かれるタイプでもない。学生時代はトイレで食事をしたこともあるほど暗いものだったし、それは本質的には今も変わっていない。アニメやゲームが大好きな、いわゆる陰キャだ。

遥かな星々の世界と比して矮小であるはずのこの社会においてすら何者でもない自分が、銀河の謎を解明するというおかしさ。その現実感の無さ。

努力はする。だが期待はしないでくれ。他の誰でもなく、自分自身に対してそう思う。

憧れた星々の世界は遥か遠く、この手はちっぽけだ。

電気ケトルから間抜けな電子音が響いた。お湯が沸いたらしい。インスタントコーヒーを淹れ、飲みながら作業を続ける。

この解析作業が終わり次第、他のプロジェクトメンバーと共有し、スケジュールを調整、報告書の作成、報告会の企画とやることは山積みだ。

「あちっ」

淹れたてのコーヒーが舌を焼いた。コーヒーが少しだけこぼれて、デスク上の天球儀に小さなシミを作っている。猫舌な昴にはよくあることだが、今回は特に情けない気持ちになった。天球儀を拭き清めつつ、またため息をつく。

冴えない自分に、冴えない毎日。

ふと思い出す。やっぱり、今朝起きた奇跡は夢だったのではないだろうか。クロエのあの答えに舞い上がってしまったが、よく考えてみるとあんなことが自分の人生に起きるというのは、やはりおかしい。そう思えてたまらなかった。

※※

大学での仕事を終えて、さらにプラネタリウムでのバイトを終えると時間は午後九時を回っていた。バイトのほうは週二回とはいえ、それなりに疲れる。しかし、今日の昴にはもう一つやらなければいけないことがあった。洗濯である。

別にアパートに洗濯機がないわけではないのだが、昴と薩摩はルームメイトの約束事として、遅い時間に洗濯機を使ってはいけないことになっていた。なので、一度帰宅した昴は汚れ物が入った籠を片手に再度外出した。目的地はコインランドリーだ。一階にベーカリーが入った昴のアパートは海沿いに建っており、コインランドリーも同じ道沿いにあってわりと近い。昴は、ここをよく使っていた。

夜間に洗濯をする必要に迫られるから、ということもあるがそれだけが理由ではない。

海鳴りを聞きながら夜道を歩き、コインランドリーに到着。汚れ物を仕分けもせずに洗濯機にぶち込むと、あとは乾燥が終わるまで待つ。近所なのだから一度帰宅してもいいのだが、あえてそうはしない。昴は店舗の前に設置されたベンチに腰かけ、ぼんやりと空を眺めた。今夜も、冬の寒空のためかこの時間の利用者は昴一人だけのようだ。

これが、このコインランドリーをよく使う理由の二つ目。昴は単純にこの時間が好きだった。自宅によく喋(しゃべ)る変人がいるということもあるが、洗濯乾燥機が回っている間、こうして星の瞬きの下で波の音を聞いていると落ち着く。二月の空気は冷たいが、それはそれで頭が冴えて、色々な考え事をするのにもいい。今夜は、考えることのテーマも決まっていた。

もちろん、クロエのことである。今朝のあれは、なんだったのか。妄想説も心配ではあるが、現にここに彼女がくれた電話番号入りのショップカードがある。で、あるならばやはり素直に喜んでもよいのかもしれない。というか、連絡しなくてはならない。いや、したい。でもしたくない。どう話せばいいのかわからずそわそわする。

ショップカードを手に、連絡した際の第一声について考えた。さらに、食事に誘う場合の流れや店なんかも。だが、そのすべてはわずか数分後に無駄に終わる。

「……あら？」

籐製の洗濯籠を持ってコインランドリー前を訪れたのは、当のクロエだった。夜風でなびく亜麻色の髪を片手で押さえた彼女は、昴がいることに気づき、微笑みかけてきた。

「がっ」

店の前のベンチに腰かけていた昴は、予想外の人物の登場に口を開けて固まる。おそらく、かなり間抜けな顔になっていると思われた。

「こんばんは、いい夜ですね」

「ど、どうも。あ、いや、こんばんは」

クロエが発したのは妙にクラシカルで穏やかな挨拶の言葉。昴がなんとか返せたのはボソボソとした陰気なものだった。

軽く会釈をしたクロエは大量の洗濯物が入った籠を持ってコインランドリーに入っていく。昴は彼女に見入ってしまっていた。

彼女はベーカリーで見慣れたエプロン姿ではなくオフホワイトのニットワンピースに同系色のマフラーを重ねており、いつもはバンダナでまとめている長い髪も下ろしている。ナチュラルであるはずのその姿は優美でありながらどこか幻想的で、夢の中の登場人物のように見えた。少なくとも昴の瞳には。

「よいしょ、よいしょ」

クロエは洗濯籠を抱えたまま洗濯機の蓋を開けようと苦戦していた。

こういうとき、つまりは電車で席を譲るときや目の前で人が転んだときなどに、昴はいつも考え込んでしまう。基本的には相手が誰であれ人が困っていたら手助けをしたいと思うのだが、それを嫌がられたりする可能性もあるからだ。迷ったあげくにおっかなびっくり手を貸して、不審な目で見られたことも数回はあった。今この瞬間も迷っている。

たったそれだけのことで。そう思う人もいるのかもしれないが、昴にとってはオオゴトなのである。やはり今回も悩んだ。だがいつもよりはその時間が短かった。いつもより早く勇気が出た、ということだ。コインランドリー前のベンチから立ち上がり、中に入る。そして。

「どう……ぞ」

クロエからは目をそらしつつ、洗濯機の蓋だけを開けた。洗濯物が視界に入らないようにという配慮、そして純粋に彼女の顔を見られなかった気弱さによるものだ。

「ありがとうございます！」

心配は杞憂だったようで、クロエは本当に嬉しそうに顔を綻ばせると、持ってきた寝具らしきものを洗濯槽に入れた。その様子にとりあえずホッとした昴だったが、クロエのほうからさらに話しかけてきた。

「この洗濯機？　なのですけど、こちらのボタン？　を押せばいいのでしょうか……？」

まるで高価なコンピュータを初めて扱うかのように真剣で、不安げな表情。それはどこか奇妙で、だがユーモラスだった。

「え、あ、あー……。はい。全自動なので、とりあえずそれで大丈夫だと思いますよ」

「で、では……行きます」

「？　どうぞ」

「押しますよ……？」

「はい」

「えいっ！」

謎の葛藤の末に、クロエは決死の覚悟でも決めたかのように洗濯機を作動させた。

まさかとは思うが、洗濯機を使うのが初めてなのだろうかと思わされる。ただ、現代の家電はとても優秀なので、ユーザーがどれだけ迷った末におぼつかない手つきで作動させたとしても順調に稼働する。

「見てください！　動いています！　できました！」

「あ、はい。よかったですね……？」

洗濯機が洗濯を開始したことにクロエは跳ねるようにして喜んでみせた。小さく手を叩いてもいる。それは演じていない無邪気なリアクションに見えて、そんな彼女は幼い少女のようだった。

「あ、私わかりました。ここに出ている数字が洗濯終了までのお時間ということなのね」

「そうですね」

なんだこの会話。と思わなくもない昴だったが、それ以上にすでに十秒以上も彼女と会話をしている事実が嬉しかった。

「あら、ごめんなさい。一人ではしゃいでしまって。えーっとお客様も……。申し訳ありません。お名前を教えてくださいませんか？」

言われてやっと気が付く。自分は今朝あんなことまで口走っておいて、彼女に名を名乗っていなかったのだ。昴は慌てて口を開いた。

「すいません。僕は冬乃昴と言います」

「スバルさん？　素敵な響きですね。ご存じかもしれませんが、私はクロエと申します」

洗濯機がうるさく音を立てて回っているはずなのに、クロエの鈴のような声は不思議と耳を透き通るようにして鼓膜に伝わってくる。

「スバルさんもお洗濯ですか？」

「はい。僕はあと乾燥だけですけど……」

「あ！」

「なんですか……？」

「乾燥も待ち時間があるのですね。だからスバルさんは外のベンチで待っていたということですね。いかがでしょうか？」

そりゃそうだろうとしか言いようがないクロエの名推理。何故か得意そうな表情で披露されたそれに苦笑いを浮かべてしまう。実際に話してみたクロエはなんとも浮世離れしているというか、不思議な人に思えた。

「そ、その通りです」

「私もベンチでご一緒してもいいでしょうか？」

思いがけない提案だった。昴の乾燥にかかる時間は二十二分ほど残っている。つまりは二十二分もクロエと過ごすことができるというわけだ。突然の幸運に、足元がおぼつかなくなりそうだったが、それでもなんとか答えた。

「はい。クロエさんがよければ。あ、ちょっと寒いですけど」

「ありがとうございます。スバルさんはいい人ですね。良い人は、いいですね」

都合のよすぎる展開だとは思う。正直に言えば怪しささえ感じてもいる。謎のツボや絵画の購入を促されるのではないかと思ってしまう。美人局という言葉くらい昴でも知っている。しかし、断ることなどできるはずもなかった。

※※

コインランドリー前のベンチは古くて小さい。だから、昴はなるべくクロエから離れて座るべく端っこのギリギリに座った。そのうえで会話を続けていると、やはりというべきか、今朝のクロエの『返事』には深刻な誤解があったのだということに気づく。

「そういえば、スバルさんは私に『お付き合いしてほしい』と仰いましたね。どこにお付き合いすればよいのでしょう？」

ベタもベタだが、どうやらクロエは『付き合う』を言葉通り、どこかに一緒に連れだっていくと認識しており、交際の意味があるとわかっていなかったようだ。

「あー……。なるほど……そういう……」

拍子抜けしてため息をつく昴に、クロエは不思議そうな表情を見せる。

「？　どうかなさいましたか？」

「あ、いえ、別に」

「私、何か勘違いをしていたのでしょうか？　日本には久しぶりに来たばかりで、言葉が少し難しいです」

クロエはそう言って俯いた。長い睫毛が瞳に被る端整な横顔に、昴は罪悪感を覚える。もともと、彼女は何も悪くない。いきなり告白めいたことをした自分のほうがよほどオカシイし、それも緊張のあまり口走ってしまったことだ。どう考えても昴のほうが悪い。それにクロエがこうした理解をしていたことに、正直に言えば安心もしていた。

「そんなことないですよ。気を使わせてしまって僕のほうこそすみません。クロエさんの日本語は、とても綺麗だとお、思いますよ」

昴は自分が勝手に変な方向に考えていたことやそれで彼女に気を使わせてしまったことに頭を下げた。彼女の日本語に対しては、無理して口にした本心でもある。

「そうですか？　嬉しいです。ふふふ」

口元に手を当てて淑やかに微笑むクロエにつられて、昴も少しだけ自然に笑えた。

今なら、あまり硬くならずに会話が続けられそうに思える。

「クロエさんは日本に来たばかりなんですね。もともとはどちらに？」

なんの気もなしに投げかけた問いかけ。だが、クロエは指先を唇に当て考え込むそぶりを見せた。少しして、ふっと小さく笑う。

「……もともとは、イングランドに住んでいました。それから、あちこちを」

目を伏せてそう話すクロエの瞳はどこか遠くを見ているようで。昴にも、彼女が心にどこかの風景やいつかの出来事を思い描いているのがわかる。どう見てもハタチそこそこ程度にしか見えない彼女なのに、今の言葉からは長い長い時間を感じる。

何故だろう。昴は、軽々しい相槌を打ってはいけない気がした。

イギリスなら僕も行ったことがあるとか、いろんな土地に行かれてすごいですねとか、そんなことを口に出せない。

「スバルさん？」

しばし黙り込んだ昴を、クロエは首をかしげるようにして覗き込んだ。上目遣いになるその姿勢に、昴は慌てて目をそらしてしまう。

「あ、すみません。……何の話でしたっけ」

「ですから。お付き合いというのはどういう……？」

そういえばそういう話の途中だったということを思い出す。ただ、今さらあれは恋愛感情を前提とした交際を迫る言葉なんですよと言えるはずがない。昴は絞り出すようにして答えをひねり出した。

「女性連れじゃないと行きにくいレストランがあって。僕は女性の友人がいないので」

自分で言ってて思うが、苦しい。これはかなり苦しい理由付けだ。女性の友人がいないのは本当だが、だからと言って最寄りのベーカリーの店員を誘うというのはちょっとおかしい。昴は額に汗が滲むのを感じた。

が、クロエのリアクションはまたしても想定外のものだった。

「まぁ！　素敵ですね。私でよければ、ぜひ」

「ぎっ」

ぱん、と手を叩いて微笑むクロエ。昴はまたしても変な声を出してしまった。なんだよぎっ、て。彼女の前で僕はこんなのばかりだ、と自らを恥じる。

だが結果は最高だ。それが信じられない。痩せぎすで、内向的で、天然パーマのスタイリングの仕方すらよく知らない自分が、ナイスガイという概念の対極に位置する自分が、彼女のような女性を誘って了承してもらえるというのが現実離れしている。こんなことを断言するのは情けないが、彼女に好感を持ってもらえる覚えは何一つないのに。

何かがおかしい。しかしそれはそれとして嬉しい。しばらくＩＱが30くらい下がりそうなほど嬉しい。

「まだ日本に友人もいないですし、楽しみにしていますね」

「はい」

「近くのお店なのでしょうか」

「はい」

「あ、私辛いものは少し苦手なのですが、大丈夫でしょうか」

「はい」

「……あれは何という名前の星ですか」

「あれはおおいぬ座のシリウスです。冬の大三角を形作る星の一つで、実は連星になっています。古代エジプトではあの星を……え？」

　脳内のメモリを慣れない感情に支配されたままオートマティックに回答を続けていたことに気づく。傍らにいたクロエはくすくすと笑っている。

「ご、ごめんなさい。なんか、ちょっとボンヤリしてしまって」

「いえいえ、私のほうこそ。スバルさんはお星様のことを研究している学者先生だと聞いていたので、つい」

　クロエは心底おかしそうに微笑んだままだが、昴は後頭部を掻きながら冷や汗をかいた。専門分野の話だけ早口になるのはオタクの特質の一つだと理解している。べーカリーの店長にしても本当は『学者先生』の前につく言葉として、貧乏とか三流とか見習いとかモテないとか変人とか、とにかくそういう単語をつけてクロエに話しているはずだ。気風がよく親切でガサツなあの店長はそういう人だ。そして今の昴の言動はまさしく変人のそれである。

「ふふふ。スバルさんは星が好きなのですね。なんだか、私の昔の知り合いに少しだけ似ています」

両の手のひらを合わせて空を見上げながら、クロエはそんなことを呟いた。その『知り合い』は少なくとも彼女に嫌われてはいないらしい。少しだけ、ホッとする。

それにしても。昴はクロエのことを不思議に思った。こうしてまともに話をするのは初めてだが、彼女はどこか謎めいている。洗濯機、イギリス、こんな昴の誘いに応じてくれたこと。どれもその背景がわからない。

彼女を初めてベーカリーで見かけたとき、一等星であるベガを観測したときと似た気持ちを抱いたことを思い出す。昴はそんな感情を人間に覚えたのは初めてだった。

「クロエさんは……」

昴が何かを尋ねようとそう口にしたのと同時に、ランドリー内の乾燥機が電子音を響かせた。どうやら、昴の洗濯物の乾燥が終わったらしい。

「スバルさんの洗濯物が乾いたみたいですよ。すごいですねぇ。こんなに早くなんて」

ニコニコしながらそう教えてくれるクロエ。彼女に他意はないのだろうが、そう言われると洗濯物を取り込むためにこのベンチから立ち上がり、さらに立ち去らなければいけない気がしてくる。なにしろ、ここにこうしていられたのは乾燥を待っているという理由があってのことだからだ。

「あ、みたいですね」

昴はそう言って立ち上がる。本音を言えば、もう少しここでクロエと話していたかったがそれも不自然だろうし、不審に思わせたりで迷惑かもしれない。昴はそう判断した。もしかしたら留まっていてもさほどおかしくもなくクロエも気にしないかもしれない。昴以外の人間ならそもそも不自然とか考えもしないのかもしれない。普通にクロエの洗濯が終わるまで付き合える豪の者もいるだろう。だが昴はそうではなかった。きっと、自分に自信がないからなのだろうと思ってはいる。

乾燥機から洗濯物を取り出し、乱雑に籠に入れていく。帰ったらとりあえずこれを畳んで片付けながら、クロエを誘うお店を探そう。そう決める。

「じゃあ、僕はこれで」

「はい。おやすみなさい」

洗濯籠を抱えながら頭を下げた昴に、クロエは小さく手を振った。そうした仕草は、まるで映画で見たことのある大昔の貴婦人のようだ。

「占星術の研究、大変かとは思いますが、どうぞお体に気を付けて頑張ってくださいね」

　去り際、クロエは妙なことを言った。一瞬だけ不可解に思った昴だったが、おそらく翻訳上の問題なのだろうと解釈する。占星術と天文学は現代では全く異なるものだが、歴史的に見れば元は同じものであり、言語によっては同一に扱われることがあってもおかしくない単語だ。

「ありがとうございます。じゃあ、おやすみなさい」

コインランドリーからの帰り道は、幸せだった。実際あの場では上手く話さねばという意識や単純な緊張から、十分に感じることができなかったが、こうして一人になると嬉しさがこみあげてくる。『思い出し喜び』なんて言葉があるのかは知らないが、今まさにそんな状態である。

　交際ＯＫが勘違いだったことは別に残念に思わない。当然だし、むしろ安心したかもしれない。それより、ああして普通に話せてさらに食事に誘えてそれを喜んでもらえたことのほうが大きい。やや現実感のある大いなる進歩だ。

世のチャラ男にとっては何の変哲もない歩行であろうが、この冬乃昴にとっては偉大な一歩である。

そして、今まで見ているだけだったクロエのことも少しだけ知ることができた。洗濯機の使い方に詳しくないところや独特の話し方を可愛(かわい)らしく思ったし、気品と落ち着きのある仕草に惹きつけられもした。謎めいたところはもっと知りたいと思う。

「お。今日はおおいぬ座がよく見えるなー」

ふと夜空を見上げて、さきほど話題に出たおおいぬ座を見つけてみる。いつもより輝いているかのようだ。

聞こえる海鳴りも、天の星々も、しんと体を冷やす夜風すらも、自分を祝福してくれているような気がした。

※※

「なるほど。それならば多少は理解できる。つまりクロエ嬢は単純に友人を欲していたということだね」

火曜日。朝食を終えた昴は薩摩とともにアパートの階段を下りていた。今日は二人とも一限目の講義が入っているわけではないので、出勤はゆっくりでかまわない。朝食のときから続いている話題は、昨夜のクロエとのやりとりについてだった。

「そうみたい。でも十分じゃない？」

「数学的に考えれば0と1の差は大きい」

「だよなだよな！」

そんなことを話しつつ一段ずつ階段を下りていく。毎度のことだが、五階から降りるとなるとなかなかに時間がかかった。

「しかしこの場合の軸は友情であり恋慕とは異なる可能性がある。X軸の値がどれだけ増えようともZ軸の数字は変動しないのかもしれない」

「……それはそうだな。けど悪いことじゃないさ。いい友達になれるかもしれないし」

昴はそう答えつつ、自分の気持ちを少し整理してみた。

今薩摩に言った言葉は嘘ではない。彼女が日本で作る最初の友人になりたいと思う。どこか世間知らずのように見える彼女だし、単純に親切にしたい気持ちもある。

だが、正直に言えばそれだけでもない。

上手く言えないのだが、クロエには何か愁いのようなものを感じる。それは彼女が微笑んでいるときも、話しているときもだ。昴はその愁いが晴れたときの彼女を見てみたいと思っている自分に気づいた。

「……もしかしたら、友人以上になるかもしれないし」

昴は、ぽつりとそう漏らした。しかし口にはしてみたものの、そんなことが起きるとは到底思えない。なにしろ、昴は自分という人間をよく知っている。さしたる成果も残せそうにない天文学者で、モテた記憶はなく、それはきっと今後も変わらない。望みは、あまりにも薄かった。

そんな昴の心情を知ってか、薩摩は一度ふむと頷き、こう続けた。

「よしわかった。ボクもキミたちの食事に同行しよう」

「は？」

「クロエ嬢は日本に不慣れで、友人を欲している」

「そうだね」

「そしてボクとキミは親友だ」

「そうかな……そうかも……」

「友人の友人と知り合うことで人間関係は広がるものだ。クロエ嬢も喜ぶだろう。また、キミにしても、彼女と二人きりでいるという緊張を避けられる。日本ではグループ交際という風習があると先日読んだコミックに書いてあったことだしね」

薩摩は中学の途中で渡米し、向こうで飛び級して大学を卒業し博士号を取り教授にまでなったあと日本に戻ってきた変わり者だ。彼は昴と同じく漫画やゲームが好きなのだが、そこから日本文化を学習している節があり往々にしてそれは少しズレている。

「薩摩が最近読んでるのってなに？」

「『きらりん☆初恋レボリューション』、通称きらレボ。名作だよ」

「なるほど……」

「きらレボもそうだが、多くの場合、主人公には恋愛に関する問題をサポートしてくれる気のいい友人がいるものだ」

「あー。いるねぇ」

「そして知っての通り、ボクはいいヤツだ」

「そうかな……そうかも……」

「ボクは血縁としては九州男児だからね。男同士の友情を大切にするんだ。遠慮することはないよ」

「ちょっと考えさせてもらっていい？」

「イタリアンが食べたいな。魚介のパスタが美味しいところがいい。予約を頼むよ」

「人の話を聞けよ」

「キミは筋肉量や運動能力、コミュニケーション能力にだいぶ難があり、およそ女性に好かれるタイプではない」

「いきなり真実を言って僕を傷つけるな」

「しかし一応は博士号を持っている。ボクにはかなり劣るし、天文学者としての将来性にも乏しいが、少なくとも中央値よりは高い知性の持ち主だ」

「ソレハドウモ、アリガトウ」

「クロエ嬢が友人の条件として知性を重視するタイプであることを願うばかりだよ」

「それはどうもありがとう」

ようやく階段を下り終え、二人はアパートのエントランスから表に出た。驚くべきことに、薩摩はいつもこんな感じなのである。話題はその時々で色々だが、基本的な彼のスタンスは変わらない。絶大なる自己肯定感を持つ男である。

いつも通りの朝。だが、アパートを出て大学までの道のりを少し歩いたところでいつもとは違う出来事が起きた。

昴たちは、二人連れの男に声をかけられた。男たちは警察官だそうで、数日前にこの近くで起きた轢き逃げ事件について捜査中とのことだった。轢き逃げ事件とはいうものの死者は出ていないそうで、轢き逃げ犯は事件後しばらくして自首してきたらしい。現場は昴が昨夜も訪れたコインランドリーの前。ただ、その夜、昴は洗濯をしておらずアパートを出ていない。

言われてみれば夜間に大きな音を聞いた気がする。あれが車の衝突音だったのだろう。

ただそれだけ。それ以上の情報を昴も薩摩も持ち合わせてはいなかったので、警察官による聞き取り調査もそれで終わった。

物騒だな、気を付けよう、被害者が無事ならいいけど。死者が出ていないということもあり、昴が考えたのはせいぜいそんなことだけ。記憶に強く残ることはなかった。

※※

「あそこのテーブルの男の発言を訂正したい。イタリア料理はたしかに歴史あるものだが、トマトが利用されるようになったのは十八世紀のことだ。そもそもトマトはアンデス山脈由来でありヨーロッパに伝わったのは一五四四年なのだから当然といえる。古代ローマにこの店と似た料理があったはずがない。彼に教えてくるとしよう。ボクは少し失礼するよ」

　人差し指を立てて立ち上がりかけた薩摩を制止し、昴が一言。

「やめろ」

「何故？」

「どう考えても迷惑だから」

「ああっ、行ってしまったじゃないか。あのカップルがイタリア料理についての正しい知識を得る機会を永遠に失ってしまったのはキミのせいだぞ昴」

　たまたま近くのテーブルで食事をしていたカップルの男が語っていた蘊蓄が間違っていたことは確かだが、わざわざ訂正に行くのは明らかにおかしく、非常に薩摩的だ。なのでいつも通りに止めておく。子どものときから何度目になるのかわからない。

　水曜夜のイタリア料理店はすいていていて雰囲気も洒落ていて味も美味しい。今日のチョイスは昴にしては上出来である。ただ、さきほどからこの調子の彼を連れてきたことについては後悔しないでもなかった。初対面の相手がいるというのに薩摩全開だ。

　救いなのは、その初対面の相手がそれほどひいている様子を見せていないということだった。

「サツマさんは物知りなんですね」

同じテーブルを囲み、昴から向かって右に座るクロエはそう言って微笑んでいる。昴の知る限り、皮肉や呆(あき)れの感情を含めず薩摩をそう評価する人物は初めてだった。

「深遠なる数学の世界に挑む人類有数の頭脳が勝手に記憶していた副産物にすぎないよ」

薩摩は無表情にそう答えるが昴にはわかる。少し喜んでいる。

「たしかにトマトって最近の食べ物って感じがしますもの」

ボンゴレ・ロッソを優雅に食べていた手を止め、クロエはそんな相槌を打った。そうした様子に、昴は純粋に感心する。

彼女はテーブルマナーがとてもいいのだろう。詳しいテーブルマナーを知らない昴だが、なんとなくそう感じる。所作の一つ一つが美しいのだ。今夜彼女が着ているワンピースが真っ白なので少し心配したが、ソースがはねることもなかった。

「あ……。最近って言うのもおかしいわね。十八世紀なのだから、私たちが生まれるよりずっと前ですもの」

クロエはそう言って困ったように笑った。それを受けた薩摩が何かを言おうとしたので、昴はそれを遮って口を開いた。

「いやそんなことないですよ。時間の感覚は主観的なものですから。古生物学者が白亜紀を最近って言ってたのを聞いたことがあります。クロエさんは歴史的な視点を持っているってことじゃないでしょうか。す、素敵なことだと思います」

クロエをフォローする意図もあるが、昴の本心でもあった。銀河や天体を研究する昴にしても数億年前くらいは最近だと感じることもある。ただ、それはあくまで学問や研究の世界に意識を向けているときだけのことだ。だから昴はそうした感覚を日常の場面で口にするクロエの感性を好ましく思った。

「そうかしら。ありがとうございます」

クロエは目を細めてはにかむ表情を見せた。『かしら』とか『わね』とか。普段聞きなれない古風な日本語もクロエが話すと違和感がなく、むしろ耳に心地よい。

「スバルさんたちとお話ししていると、楽しいですね」

クロエが口元を押さえて言ってくれた言葉に、昴は耳を疑った。自慢ではないが、そんなことはほとんど言われたことがない。薩摩が同席していた場合は間違いなくゼロだ。

ただ、だからこそ。

めっちゃ嬉しい。昴はシンプルにそう感じた。つい、薩摩のほうも見てしまう。

聞いたか？

聞いたとも。なんということだ。ボクはともかくキミとの会話を楽しむ女性は非常に貴重だと言えるだろう。ボクも彼女に対して好意を持つにやぶさかではない。おっと安心してくれ。恋愛的な意味ではない。ほんのわずかだがキミには希望もある。健闘を期待するよ。ところでそろそろ午後八時だ。ボクは帰ってベッドに入らなくてはならない。

薩摩は視線とわずかなジェスチャーですら雄弁な男である。

「どうかしまして？」

そんな二人の様子に気づいたクロエが不思議そうに問いかけた。その問いかけに対して、薩摩は人差し指を立ててまくし立てる。

「クロエ嬢、ボクは心身の健康と明晰（めいせき）な頭脳の維持のために規則正しい生活を心掛けていてね。午後九時には就寝している。だから先に失礼するよ。今夜はありがとう」

「え？　ええ。そうなんですね。楽しかったです。ありがとうございます」

クロエは突然のことに多少困惑しつつも、素直に薩摩の離席を受け入れた。どうやら、夕食をともにしたことで多少は薩摩という人物に慣れてくれたらしい。

「昴、キミは彼女を送ってあげるといい」

言われなくてもそうするつもりだ、と昴は思った。

「最後まで付き合えなくて申し訳ない。それでは」

早く帰れ、と昴は思った。

「ああ、そうだ。デザートのティラミスだが、ボクの分はテイクアウトしてくれ」

嫌なこった、と昴は思った。

途中退席からの帰宅を見送り、ディナーを続ける。といってもコースの残りはデザートとコーヒーだけだが、多少は落ち着いて過ごせそうだ。

「サツマさんは変わった人ですね」

クロエは嫌な顔を見せずに薩摩のことをそう評した。

「クロエさんは優しい人ですね。アイツをそれだけで済ませられるなんて」

そんなことを話しつつ、ゆったりとした時間を過ごす。認めたくないが、さきほどまで薩摩を交えて会話をしていたことでクロエに対する緊張が和らぎ普通に話しやすくなったのは事実だった。

なるべくゆっくりとコーヒーを飲んだつもりだったが、それでもディナーには終わりの時間がくる。二人してごちそうさまを言い、会計を済ませた。なお、昴は奢るつもりだったのだがクロエに固辞されてしまい、結局は割り勘である。

会計が済んだあと、昴は意を決してこう提案した。

「えーっと、少し遅くなっちゃいましたし。よければ送ります」

平静を装ってはいるものの、内心では冷や汗をかいている。彼女の反応が怖い。

クロエはたおやかに頭を下げ、こう答えた。

「はい。よろしくお願いします」

もう少しだけ話せることが、自分でも驚くほど嬉しく感じる。

彼女がどこに住んでいるのかは知らないので、どこまで送るかもわからない。同じ町内なのか、それとも駅までなのか。どちらにせよ、そこがここから遠ければいい。

昴はそんなことを思った。

なおティラミスについては、保冷剤をつけてテイクアウトした。

※※

海沿いの夜道は静かだった。湘南は観光地ではあるものの、そのニーズの多くは夏の昼間に寄せられており、二月現在の夜間に賑やかなのはホテルや駅の周辺くらいのものだ。今この瞬間においては、波の音だけが聞こえてきて静けさを際立てる。灯り(あか)が少ないためによく見える星々の瞬きが音として聞こえてきそうな時間だ。

「私、この時間のこの道が好きなんです」

隣を歩くクロエがふと呟いたその言葉に驚かされる。昂もまさに今、同じことを思っていたからだ。だからだろうか、昂にしてはごく自然に答えた。

「僕もです。なんか、昼間とは全然違いますよね」

昂の言葉にクロエは淑やかな笑顔を見せた。夜に溶けて消えてしまいそうな、微笑み。

クロエの表情に鼓動を乱された昂は、彼女から目線をそらして頬を掻いた。言葉に詰まってしまい、上手く会話を続けられない。数秒の逡巡の末に昂が切り出したのは、あまり楽しくはない話題だった。

「……あ、でも、この辺車は時々通るから気を付けないといけないですよね。なんかこの前、事故があったらしいですし」

口にした瞬間、昂の胸に後悔の念が浮かぶ。隣を歩いていたクロエが立ち止まり、振り返って見たその表情がわずかに曇ったことに気が付いたからだ。昂は『事故』と濁したが、警官からは『轢き逃げ』と聞いている。近所のベーカリーで働く彼女もそのことを知っていて、被害者に心を寄せて哀しんでいたのかもしれない。

「……ええ」

クロエは目を伏せた。街灯に照らされた長い睫毛の影が、揺れる。

「スバルさんは、その事故のことを詳しくご存じなのですか？」

そう問いかけたクロエは昴の目をじっと見つめた。宝石のように深く碧い彼女の瞳に浮かんだ感情には陰があるように思える。ただその感情が具体的になんなのか、昴にはわからなかった。

「あ、いえ。詳しくは。昨日警察の人に聞き込みを受けたんですけど、僕は事故のときに家にいたと思いますし。知り合いとかでもないです。……あ、そうだ。そのとき警察の人から聞いたんですけど、死者が出たわけじゃないみたいですよ。事故を起こした人も自首したそうですし。小さい事故だったのかもしれないですね」

昴が身振り手振りを交え早口で話したのは、穏やかで優しい風を纏っているようなこの人が心を痛めているなら、それを軽くしたいという単純で無責任な動機からだった。

そんな昴を、クロエは変わらずじっと見つめていた。まるで心の奥のほうまで浸透してきそうな視線。それが、ふっと途切れた。

「そうなんですね。大丈夫ですよ。私もその事故のことはお聞きしたのですが、被害にあわれた方もかすり傷程度だったそうですし、自首された方も大きな罪に問われることはないでしょう」

　クロエはゆっくりとそう話すと、再び歩みを進めて昴の右隣までやってきた。その表情は柔らかい。よくわからないやりとりだったが、彼女はどこか安心した様子に見える。ならば深く追求する必要はないように思えた。

「スバルさん。あの」

「はい？」

「申し訳ありませんでした」

「え？　何がですか？」

「やっぱり、お話をしていて思った通りスバルさんは良い人でした」

「え？　何が……」

「最初に勘違いしてしまったこと、ごめんなさい」

　いよいよ本格的にクロエが言っていることがわからない。ブリティッシュジョークか何かイギリス人特有の言い回しを日本語訳したことによる意思疎通の障害なのだろうか。昴はそんなことを考えた。

「おわかりにならなくて当たり前ですよね。いいんです。ただ、どうしても謝りたくて」

そう口にするクロエの声音は真摯で、そこに謝意があることが伝わってくる。ただ、何に対してなのかはわからない。わからないことばかりだ。

「はぁ……。じゃあ、なんだろう……。えっと、大丈夫です。気にしないでください？」

誰かに謝られたときに言いがちな言葉。昴は疑問交じりにそれを口にした。

「ありがとうございます」

不可思議な会話が終わり、二人の間に沈黙が降りた。代わりに街灯のじりじりという音と、さあさあという波の声だけが響く。

昴はそのなかを、クロエの歩調にあわせてゆっくりと歩いていく。そこには優しい月の光に照らされているような安らぎがあった。

クロエの家はさほど遠くないと聞いている。それに昴は彼女を家の前まで送るつもりはなかった。そうしたいのは山々だが、さして親しくもない男に住所を知られるのには抵抗があるだろうと思ったからだ。だからもう間もなく、こうして二人で歩く時間は終わる。

それが惜しく感じられた。せっかくの機会なのだからもっと話したいという気持ちと、こうして時を嚙みしめるように静かに歩いていたい気持ちが、同居している。

ゆるやかな海風にクロエの髪がそよぐ。夜にたなびく亜麻色を押さえる彼女の横顔が、空を見上げた。

「私、あの星が好きなんです」

クロエが視線を向けた先にはおうし座が輝いていた。昴が駆け出しの天文学者ということを考慮したうえで、話題をふってくれたのかもしれない。

「おうし座ですか？」

昴がそう答えると、クロエはくすりと笑った。

「やっぱりすぐに星座がおわかりになるんですね。私にはあの星の並びが牡牛(おうし)には見えないです。きっとこの時代の人もほとんどそうだと思います」

「そ、そうですかね……？」

「ただ、あの星はわかります。おうし座の中の……。ほら、あの星の集まり。今夜は六個見えますすね」

細く白い指先が澄み渡った天を指した。誰かが指し示した星を瞬時に特定するのはかなり難しいことなのだが、今は違った。クロエの言葉がヒントとして十分に機能していたからだ。

「プレアデス星団ですね」

肉眼でも確認することができる星の集まり。学術的に言えば、地球から比較的近いところにある散開星団である。集う星々は夜空に美しく瞬き、古代よりそれに魅せられた人々は様々な星座神話をつくっている。

「はい。純粋に綺麗だとも思うのですが、ああして寄り添っている姿が……なんだかいいなぁ、と感じるんです。ずっと昔から、ずっと一緒で。まるで仲のいい家族みたいで素敵です」

それこそ、星を宿したかのような瞳でそう語るクロエの声には憧憬の色があった。きっと、本当に好きなんだな。そう伝わってくる。昴にあわせた話題を選んでくれたということもあるのだろうが、それだけではないように思えた。

「家族みたい、ですか。そうですね、ギリシャ神話ではあの星々が姉妹とされているそうですし」

昴は、クロエと同じく星団を見上げてそれだけを答えて、口を噤(つぐ)んだ。いつもの昴ならプレアデス星団についての様々な情報を早口で説明してしまいそうになったとは思うが、今はそんな気にはなれなかった。

天体の光に人の営みを感じる感性。それは、常に満天の星に包まれていた灯りのない中世ならぬ現代ではきっと貴重なものだ。天文学を専門とする昴ですら大人になるにつれて失いかけているもの。彼女がそれを持っていたことに、感動してしまったのかもしれない。

しばらくして、クロエは恥ずかしそうに話した。

「……なんて、星の研究をされている方にするお話じゃなかったですね。あの星々も、近く見えるだけで本当はとても遠くにあって、生まれた時代もずっと離れているということですもの」

どうやら、昴が何も言えないでいたことで誤解させてしまったらしい。昴は慌てて、だがしっかり言葉を選んだうえで大真面目に答えた。

「そんなことないですよ。地球から四四三光年前後のところのかなり近い距離に密集している星団ですし、星の生まれた年代だって、最大でたった四千万年くらいしか離れてないです」

そんな昴の発言に、クロエが大きな目を見開き、ぽかんとした表情を浮かべた。それから少しして。

「……ぷっ……！」

吹き出すようにして笑い、顔を綻ばせた。

彼女が笑うのは何度か見たことがあったが、それはいずれも大人びた微笑みだった。

今は違う。朗らかに、幼い子どものように。

「え？　ぼ、僕なんか変なこと言いました？」

「あはは……！　あ、いえ、その、ごめんなさい。なんだか、面白くて」

「？　な、何がですかね……？」

「だって、四千万年は『たった』じゃないですよ。なのに、すごく真剣な顔をされているから。あーおかしい」

「いや、それはですね。天体物理学的に……」

「そうですよね。でしたら、トマトが食べられるようになったのなんて、最近ですよね。ふふふ。なんだか、辛(つら)いこととかをちょっとだけ忘れることができました。ありがとうございます！」

クロエは笑いすぎて涙目になっており、細い指でそれを拭っていた。本当に、不思議な人だと思う。

「……よ、よくわからないですけど、どう、いたしまして？」

お礼を言われたときに返しがちな言葉。昴は今度も疑問交じりにそれを使った。よくわからないが、ウケたのならなによりである。何故ならば昴は女性を笑わせるような能力を有していない自覚があるからだ。

後ろ手を組んで、てくてくと歩くクロエ。その少しだけ後ろを、鼻の頭を掻きながら歩く昴。だから彼女の表情は見えないが、彼女はまだ目を細めている気がした。

また二人の間に沈黙が降りて、きっと数分が過ぎた。

海沿いの道路の右側。横断歩道と信号機に差し掛かったタイミングで、クロエはくるりと昴のほうを振り返った。

「今夜は、本当に楽しかったです。こんな夜は久しぶりです」

彼女が口にしたその言葉には嘘がないように思えた。

なのに何故だろう。どこか寂しそうにも見える。

「送っていただいてありがとうございました。私の住まいは、そこを渡ったらすぐなんです。もうここまでで大丈夫ですから」

彼女はそう言って、赤が表示されている信号機の向こうを指さした。

立ち止まった彼女にそう言われたのだから、昴としてはここで手を振って別れるのが自然の流れだ。ただ、そうする前に伝えたいことがあった。この夜を、これっきりにしないために。始まりの夜に変えるために。この信号が、青になる前に。

「あ……はい。こちらこそ、楽しかったです。えーっと、よかったら、その……」

またこうして会いませんか、ただそれだけのセリフ。なのに、口下手な昴はスムーズに告げることができなかった。

そんな昴にクロエは何も言わなかった。ただ、申し訳なさそうに、困ったように、眉尻を下げて黙ったままでいる。そんな様子に、彼女の気持ちに気づいてしまった。

「ええと……」

クロエはおそらく、昴の言いたいことがわかっている。コインランドリーで話したときとは違い、昴がどういう気持ちで自分を誘ったのかということも今はきっと悟っているのだろう。

そのうえであんな表情をさせてしまっている。あれは、拒絶の表情だ。優しい彼女は、はっきりと言葉にして昴を傷つけることを避けてくれている。

楽しかったのだとしても、笑ってもらえたのだとしても、それは今夜限りのことで、今後に繋がりはしない。ただ、あえてそれを明言してもお互いに何もいいことはない。ベーカリーの店員と常連客の間が無意味にギクシャクしてしまうだけのことだ。大人なのだから、それくらい察するべきだ。

「……スバルさん？　どうかされましたか？」

「いえ、なんでもないです。おやすみなさい」

昴はなんとか不器用な微笑みを顔に張り付け、そう口にした。

「はい。おやすみなさい。帰り道、気を付けてくださいね」

タイミングよく歩行者信号が青になった。クロエは深々と頭を下げてそう言うと、道路の向こう側に渡っていく。その背中は、近いのに遠い。

昴もまた、踵(きびす)を返(かえ)した。クロエに背を向けて、海とその上に輝く星空を見上げる。

ああ、これで終わったんだな、と思う。いや、本当は始まってすらいない。

東の空には無数の星座。これまで何度もそうしてきたように、昴は星々の世界に思いをはせた。いつものことだ。冴えない日々かもしれないが、それは今までだって同じだ。これまで通り、明日からはまた何事もなかったかのように。

なんとも自分らしい。先が見えず、届く気もしない研究の日々。クロエのことも同じだ。三流の天文学者である矮小な自分には過ぎたことだったのだと自嘲する。

少なくともいい思い出にはなった。淑やかで儚(はかな)げで、どこか不思議なところがある彼女に星の輝きを感じた。そんな彼女が子どものように笑うところが見られた。十分だ。

星は遥か遠くにあるものなのだから。

「……それで……」

いいのか？　本当にそれでいいのか。そんな声が聞こえた気がして。

昴は思わず振り返った。

横断歩道の先にいる彼女と目が合った。同時にこちらに振り返っていたのだ。瞬間、物憂げだった彼女の表情にかすかな驚きの色が混じる。そんな彼女の頭上には天の川が、つまりは地上から肉眼で確認できる数少ない銀河があった。

胸に、鋭く熱い電気のようなものが走る。

「あの……！」

昴は、気が付けばそう口にしていた。

そうだ。これでいいわけがない。自分でも何故なのかわからないが、彼女に惹かれている。銀河の大きさも知らず、夜空に浮かぶ天体にただ魅せられた子どものころのように。

僕は、彼女のことをまだほとんど何も知らない。ときおり見せるあの哀しげな瞳や、古風な言葉遣いのわけも、好きな音楽や場所についても、日々どんなことを考えているのかということも。そして、知りたいと思う。近づきたいと思う。

それは、より遠い銀河を見つけるという壮大すぎる研究に対していつしか忘れそうになっていた気持ちと似ていた。似ていたことを、思い出した。

これまでの自分と決別したい。瞬間的にそんなことを思った。天文学者として燻(くすぶ)っている自分、人付き合いが苦手で臆病な自分。どちらともだ。

確かに、星は遥か遠くに輝くものだ。

だけど、それに手を伸ばすのが天文学者の仕事だ。

昴は自らを鼓舞するためにそんな言葉を心の中で唱えて、それから横断歩道を渡った。

矮小な自分には過ぎたこと。それはその通りかもしれない。でも、それならもっと進めばいい。遥かな銀河へ、目の前にいる彼女に。

「スバル……さん？」

クロエは肩をぴくんと弾ませ、どこか困惑した表情で、でも待ってくれた。

再び彼女の隣にやってきた昴は、端的に言えばしどろもどろになっていた。

あとから思い出してもあまりカッコよくはない。

プレアデス星団が好きなのでしたら今度僕がバイトしているプラネタリウムに遊びにきませんか、とか。

この辺にお住まいでしたら近くにちょっとイイ感じのバーがあるので今度は薩摩抜きで行きませんか、とか。

そんなようなことを、たどたどしく要領を得ずにおっかなびっくりに話した。彼女を怖がらせたりしたくなかったし、断り切れない雰囲気にもしたくなかったからだ。もし『しばらくは忙しくて』とか『機会があれば』というような反応があればすぐに引くつもりだった。多分、キモかっただろうなと自覚もしている。

だけど、クロエはそんな昴の言葉をゆっくりとした相槌を打ちつつ聞いてくれた。そして最後には一度目を伏せて、それからはにかみながら、こう言ったのだ。

「はい」

二文字の言葉は、鈴の音のようだった。

その鈴の音は、とても小さかったけれど。いまだ何者でもなく駆け出しのくせに立ち止まりかけていた天文学者の背中をそっと押してくれるものだった。

※※

休日の昴は、基本的には昼過ぎまで部屋でダラダラしている。特定准教授としての大学での勤めとプラネタリウムでのバイトを並行してこなしている疲れを癒すためだ。ちなみに部屋の中では薩摩とゲームに興じたり、ＳＦ映画を観たりしている。

が、今日はそうしないと決めていた。いや、今日だけではない。これからはなるべく休日にも頑張る、そう決意したのである。

「本当に行くのかい？　せっかくの日曜だというのに。ボクと一緒にニチアサキッズタイムを観ながらブランチを楽しむという選択肢もあるよ」

　部屋着、といっても外出着と柄が違うTシャツを着ているだけの薩摩はそんなことを言った。なお、ニチアサキッズタイムというのは、女児向けのアニメと特撮作品の連続放映を指す俗語である。昴は薩摩の誘いを丁重に断りつつジャケットを羽織った。

「いや、最近は観測結果の分析に時間とられすぎて他の作業できてなかったからさ。休みの日にでも時間作らないと」

「ふむ。なるほど。たしかにキミはここしばらく論文も進んでいなかったようだし、よい心掛けだ。才能と知性が及ばない部分を労力や時間で補うということだね。キミが見せるそうした姿勢はボクには理解できないし、結果が伴うかは不明だが、応援するにやぶさかではないよ」

　薩摩は時間をかけて抽出した紅茶を飲みながらスラスラとそう口にした。驚くべきことに何も悪気がないセリフである。

「はは。それはどうも」

　そして昴も薩摩の言葉に特に反論はしない。今お礼を言ったのも皮肉ではない。

彼の物言いに慣れているからということもあるが、それ以上に、この件については彼の言う通りだからだ。

自分には薩摩が数学の世界で見せているような才能はない。でも、一歩踏み出すと、手を伸ばすのだと決めた。いつの間にか停滞してしまっていた。これじゃダメだ。プロジェクトで結果を出して、天文学者としての立場を作る。ちょっとくらいは誇れるような、カッコイイ自分を目指す。その一歩が、ただ休日に早起きして職場（研究室）に行くこと、というのがいかにも凡人のささやかさなのだが、やらないよりはマシだ。ほんのわずかでも前向きに進もう。クロエを送った夜に、そう決めた。特筆すべき進展があったわけでもないし、他人に話せば俗っぽいきっかけだと笑われるかもしれないが、それでも。

「ニチアサキッズタイムは録画しておくよ。キミが帰ったら一緒に観よう」

「薩摩……」

「だから帰りに夕食を買ってきてくれ。ココイチのカレーがいい」

「……了解」

「トッピングはほうれん草とゆで卵と」

「パリパリチキンだろ。行ってきます」

「その通り。行ってらっしゃい」

　薩摩の言葉に一瞬感動しかけて、それからため息をついて昴は部屋を出た。

　階段を下り、アパートのエントランスから外に出る。すると、一階にあるベーカリーが視界に入った。今日は日曜日なので、開店時間が平日よりも遅く、まだオープンしていない。

　ベーカリーの前には植木が並んでいるのだが、そこにホースで水をやっているのは見知った顔だった。クロエ、ではない。

　ボブヘアの似合う童顔と子どものような背丈で若く見えるが、年は昴より少し上で三十歳前後。いつも声がデカくてときにウンザリするほど元気なその人物は、水やりの手を止めずに顔だけを昴に向けてきた。

「おや、色男！　どうしたよ？　日曜のこんな時間に外に出るなんて珍しいこともあるもんだね！」

　彼女が発した代名詞のために、昴は一瞬耳を疑う。

「……誰のことですか、店長さん」

　彼女、つまりはベーカリー『ＺＵＺＡ』の店長でクロエの雇い主でもある彼女にそう聞き返した。彼女にはいつも、辛気臭い顔してるだの、シャキッとしなさいだの、とにかくそういうことを言われがちである。そして昴自身、仰る通りだと思っている。

つまりは彼女に色男なんて呼ばれる覚えはなかった。

「またまた。聞いてるよぉ？　センセー」

店長はニカッと笑って答えた。ホースから吹き出す水が、小さな虹を作っている。

「……？」

心底意味がわからず、昴は首を捻った。からかい交じりではあるものの、皮肉で言っているわけではなさそうである。店長はおおらかがすぎるところがあるし、常連客であるにしても距離が近い昴や薩摩には言いたい放題だが、それがそれほどイヤだとは思えないほどには気持ちの良い人柄の持ち主だ。

「いやね？　この前からうちのクロエちゃんがなんだか楽しそうにしてるもんでさぁ」

ぴくん、と昴の肩が跳ねる。予想だにしない角度からの情報だった。それはつまり、そういうことなのだろうか。

「この前なんてなんか聞いたことのない外国の歌を歌ってたんだよ。で、聞いてみたら」

「き、聞いてみたら……？」

「いやぁ、可愛かったよ。なんか、自分が機嫌よさそうにしてたことに気づいてなかったみたいでね。で、センセーと友達になったって恥ずかしそうに教えてくれたわけさ。星オタクの朴念仁かと思いきや、意外とやるじゃないの？　隅に置けないねぇ」

昴は常々、この店長のことを落語に出てくる江戸っ子みたいだと思っている。そして今日はこの江戸っ子の言葉が、かつてないほど響いてきた。すぐに反応できない程度には、である。

「っと、悪い悪い。そんな恰好してるってことは仕事行くとこだろ？　ちょっと待ってな」

店長はそう言うと一度ホースの水を止め、開店前のベーカリーに入った。それから一分もたたずに再び顔を出す。彼女の手には『ＺＵＺＡ』の紙袋があり、それを昴に手渡してきた。

「ん。サンドイッチだから、昼飯にでも食べなよ」

「なんですかこれ。開店前ですよね？」

「まあなんだ。常連だし、たまにはサービスってことで。クロエちゃん、いい子なんだけどなんか寂しそうでちょっと気になってたんだよ。仲良くしてくれたら嬉しいな。あれだけの美人だしさ。その辺の男ならちょっと心配もするけど、センセーなら人畜無害で安心ってもんだし？」

「ど、どうも……」

「いいってことよ。ほい！　行ってらっしゃい！　ああそうだ。今日から新作のクロワッサンを出すよ。焼き上がりは十時。あの青ビョータンに伝えといて」

ひらひら。店長は軽く手を振ると植木の水やりに戻った。青ビョータンというのはもちろん薩摩のことである。薩摩は基本的には決まったものしか食べないのだが、『ZUZA』のクロワッサンだけは別で、新作が出るたびに買っている。と、いうことを店長も知っているらしい。薩摩はこの店長を苦手としているのだが、彼女はなんだかんだと面倒見のいい人だ。

昴は店長に改めてお礼を言うと、日曜日の大学に向かった。

今日からもっと頑張るぞ、と決めた朝にしては幸先（さいさき）がいいと感じて、足取りが軽い。もちろん店長から受け取ったサンドイッチと、クロエについての情報のためだ。

自分が色男だの隅に置けないだのとは全く思っていないが、少なくともクロエは自分と親しくなったことを嫌がってはいないらしい。どころか、少しは喜んでくれているとのことだ。そして、あの店長は嘘を言うタイプではない。

先日は別れ際に追いかけるようにしてしまったし、クロエはどこか力なく笑っているようにも見えた。それが心配だった。つまり、無理をさせてしまったのではとか、本当はイヤだったのでは、というようなことだ。

「……よかったー……」

大きく息を吐き、そう口にする。二月の終わりの空は青く、海は輝いていた。

※※

日曜日の湘南文化大学。そのキャンパスは平日に比べて格段に人が少ない。体育館やサークル棟にはそれぞれの活動にいそしむ学生の姿もあるが、学部棟はガランとしていた。

昴が職場にしている研究室は理学部棟でさらに五階である。まるで自分以外の誰もが消えてしまったかのようなその空間で、昴はPCを立ち上げた。家にもPCはあるが、膨大な情報を閲覧し計算する都合上、マシンスペックは高いに越したことはない。

「さてと」

首を傾けて骨を鳴らし、作業に入った。ここに歩いてくるまでの間に、やるべきことは決めてある。すなわち、観測提案の検討である。

昴が所属しているプロジェクトチームの研究テーマは、簡単に言えば『より遠くにある銀河を見つけること』。光が地球に届く時間を考慮すれば『より古い時代に生まれた銀河を見つけること』ともいえる。これまで発見された中で最も遠い、つまり一三五億光年よりも、遠く、古く。

それは、開闢（かいびゃく）したばかりの宇宙に初めて生まれた銀河。第一世代の光。宇宙では若者にすぎない地球に住む者たちにとっては、遠い遠い存在。

その銀河を発見することができれば、かつては永遠とも呼ばれた宇宙の誕生や成り立ち、その在り方に迫る手がかりになる。世界中の天文学者が立ち向かっている謎を解き明かす鍵だ。

もちろん、それほどまでに遠い銀河は肉眼で見ることはできない。光学、近赤外線観測、重力レンズの増光効果をも利用した多波長観測によって得られたデータから遥か彼方（かなた）の宇宙を探っていく。このデータは、世界中の天文台や宇宙望遠鏡が観測・蓄積してきたものであり、昴も日々解析を行ってきた。

が、これだけでは不十分である。『すでに観測されたデータ』のみならず、新しいピースが要る。つまり、新たに観測を行わなければならない。

昴がまず考えるべきことがそこにある。

いつ、どこの天文台で、どこの天域を、どのような手順で観測するか。公募観測を行っている天文台に対して観測提案をするわけだが、当然ライバルは多く、競争に勝ち抜き提案が採用されるのは非常に難しい。データと理論に基づく明確な根拠と説得力、そして観測結果への期待値が要求される。

現代の天文学者には大きく分けて三種類がある。理論屋、観測屋、装置屋だ。『観測屋』である昴が今回のプロジェクトで求められている最も重要なことは、観測提案を定めることだった。

「……」

そんな昴がさきほどから集中していることは、他の大学やプロジェクトチームが過去に行った観測提案の確認、そして『理論屋』が物理学や数学を駆使して導き出した銀河の姿についての予想の考察だ。毎年のように更新される天文学の世界、その最先端に立って初めて、新たな観測提案を行うことができる。少なくとも今の昴はそう思っていた。

無言で資料を読み取り、ときにコンピュータでシミュレーションをして、理論と観測結果を照らし合わせて、その過程で思いついたアイディアを書きなぐって、ただ黙々と。

そうしていると、ここが湘南文化大学理学部棟の研究室であるという事実が曖昧になっていく感覚があった。

資料だらけで雑多で狭い研究室、ブラインドを下ろしているため昼なのに薄暗い地球上の小さなスペース。そこにいるはずなのに、銀河の輝きがすぐそこにあるように思える。光でさえ何億年もかけなければたどり着けない宇宙の中心に向かって意識だけが飛んでいるような気がする。

こうした感覚は昴にとっても非常に珍しく、そして久しぶりだった。いつ以来なのか忘れてしまったくらいだ。

だがこの状態は悪くない。自分が没頭していることがはっきりとわかった。

どのくらいそうしていただろう。くぅ、という小さな音が昴の意識を小さな研究室の中に引き戻した。

「え、もうこんな時間か」

時計を見て、口にする。腹が減っていることにも気づいた。どうやらさっきのは腹の音だったらしい。唇がカサカサに乾いている。そう自覚した瞬間、頭がふらふらした。脳を酷使したせいもあり血糖値が下がっているらしい。これはよくない。

「あ」

ふと思い出し、昴は顔を綻ばせた。バッグをごそごそとやり、目的のものを取り出す。今朝、店長から貰（もら）ったサンドイッチだ。

「これは、地味にめちゃくちゃありがたいな……」

研究室の電気ケトルでコーヒーを淹れつつ、そう口にした。大学生協まで歩いて弁当を買いに行くのは億劫（おっくう）だし、さっきまでの流れを崩したくない。それに『ＺＵＺＡ』のサンドイッチが美味（うま）いことはよく知っていた。ここで食事を済ませてしまおう。

ターキーとマスカルポーネチーズのサンドイッチを頬張り、濃く淹れたコーヒーを啜る。糖質とカフェインがそのうち効いてくるだろう。

食べながら、研究室のデスクの上に目線を向ける。作業の途中だから仕方がないが、見事なまでにめちゃくちゃに散らかっていて、昴がアイディアを書きなぐった文字もかなり汚い。きっと薄暗い中ブツブツ独り言を言って、唸（うな）っては頭を掻きむしっていたのだろう。

「はは」

そんな自分自身の光景を想像して、昴は笑ってしまった。

気になる女性と出会って、踏み出そうと思った。自分のやりたいことで少しでも前に進み、不甲斐（ふがい）ない自分を変えようと思った。新たな船旅に出向するとか、戦いの場に出陣するくらいの気分だったわけだが、それにしては絵面が綺麗ではない。気を抜くと昴の頭に浮かんでくるクロエだって、ひいてしまうかもしれない。

もちろん現代人の多くは船乗りでもないし戦士でもないが、それにしたって例えばスポーツの練習に励むとか、ネクタイを締めてビジネスの現場に向かうとかなら絵にもなるが昴はこれだ。誰かに見られたら変に思われるだろうし、そうでなくてもやっていることの内容や意味もわかってもらえないかもしれない。それがわかるから、自嘲してしまう。

ただ、一方でこうも思っている。

「いいさ。僕はこれで」

そう口にしたのも昴の本音だった。偉大な先人、そして同じ時代に生きる研究者たち、彼らが作りあげてきた天文学という巨人の肩によじ登り、遠くの景色に目を向ける。永遠に等しき時間に挑む。

自分ごときが、と一途(いちず)になりがたい思いが完全に消えたわけではない。動機が俗っぽいというか不純なところもある。正直に言えば、目指すものには届かない気がしている。だがそれでも。

よじ登るこの手には、きっと意味がある。わずかだけど、きっと。

サンドイッチを食べ終えた昴は、胸の奥にじんわりと広がっていく熱を感じていた。

※※

研究室で没頭すること八時間。陽が落ち始めたタイミングで昴は大学をあとにした。頑張ったとは思うのだが本日は明確な発見や進捗は特になし。意気込んで取り組んだからといって劇的な何かをすぐに得られたりはしない。これが研究者の辛いところだ。

しかしこうして一歩一歩積み重ねていくことは、いつかブレイクスルーに至るための必要条件であることは間違いない。だが十分条件ではなく、必ず報われるとは限らない。むしろ何の成果も得られないことのほうが多い。それも研究者の辛いところだ。そんなことは当然のことで昴もよくわかっている。だがそれでも、今日を無駄とは思わなかった。疲れがどこか心地よい。

大学を出て、オレンジ色に染まっていく海を横目にてくてくと歩く。自宅のアパートまでは徒歩十五分といったところだ。夕方の海辺は交通量が少なく、視界に入るのは日が暮れるのを惜しむように遊ぶ地元の子どもたちの姿ばかり。差し掛かった信号待ちでは、信号機の音と波の音が混ざり合って心地よく聞こえた。

ノスタルジィってこういう感じなのかな。信号が青に変わるのを待つ間に昴はそんなことを思った。あまり文学的素養に恵まれていない自覚があるので、違うかもしれない。

そんなとき、予期せぬ方向から声が聞こえた。

「スバルさん！」

清涼感のある、それでいて優しい声。今はいつもよりどこか無邪気に弾んだ響きに聞こえたが、間違えるはずがない、クロエのものだ。

「え……え？」

声の方向に目をやり、視界に入ったものに驚く。そこにあったものはスポーツカーだった。昴は車に詳しくはないが、フェラーリくらいは知っている。海沿いの歩道を歩く昴のすぐ横の車道に、ピカピカに光る真っ赤な車体が止まっていた。停止しているフェラーリの窓から顔を出していたのは。

「クロエさん？」

海外の車種だから助手席は右側だ。そこに座るクロエが昴に向けて手を振っている。ちょうど通りかかって昴に気が付いたから、無邪気に声をかけた、そんな風に見える。

明らかに高価そうなスポーツカーとの取り合わせは、おそらく多くの人がギャップを感じるものだろう。

昴は一瞬にして色々なことを考えた。すごい車だな、いくらくらいするんだろうこれ、これクロエさんの車なのかな、車好きなのかな、っていうか助手席ということは誰か運転席に座ってるんだよな。それってひょっとして。

そこまで考えが及んだとき、昴がいる歩道から見て向こう側、つまり運転席に座っていた人物が体を傾けて昴を覗き込むようにして見てきた。

「ど、どうも」

昴の口をついたのは、動揺交じりの挨拶の言葉だった。運転席にいたのが、一秒前の昴の想像とはかけ離れた人物だったからだ。

長くうねる灰色の髪、派手なサングラス、革のライダースジャケット、腕に巻いたシルバーアクセサリー、女性にしては高い身長、そして顔に刻み込まれた深い皺。つまりはド派手な外国人の老婦人である。ヨーロッパの童話に出てくるような魔女のおばあさんとパンクロッカーを足して二で割ったら、きっとこんな姿になるのだろう。この真っ赤なフェラーリはこの老婦人のものなのだろう。おそろしく彼女に似合っている。

そんな老婦人が、サングラスをずらして覗く緑の瞳で昴を見つめていた。

「誰だい、この子は」

老婦人は、クロエにそう問いかけた。バーボンで灼けたようなその声は、年齢を感じさせないほどにドスが利いている。だが、クロエは特に気にかけた様子もなく、ごく自然に答えた。

「最近、お友達になった方で、スバルさんです。せんせいじゅ……違いました。天文学者さんでいらっしゃるの」

クロエはにこやかな笑顔でそう紹介してくれて、それ自体は嬉しい。だが、昴は気が気ではなかった。状況がさっぱりわからないからだ。

「友達？　クロエ、あんたのかい？」

老婦人は意外そうにそう呟き、クロエのほうを向いた。運転席に背中を見せているクロエは老婦人の視線に気づいていない。わずか数秒の間だったが、顎に手を当てて何かを考え込むようなそぶりを見せた。それから。

「それは結構なことだね」

老婦人はそう言うと口角を上げてニヤリと笑った。その笑顔はやはり迫力があったのだが、それでもこの老婦人は皮肉や意地の悪い気持ちで笑ったのではないとわかる。

優しさの宿る、純粋に嬉しそうな笑顔だった。

「え、ええと……」

やはり昴には状況がさっぱりわからない。ただ、それはそれとして紹介を受けたのだから名乗るのが礼儀というものだ。

「は、初めまして。冬乃昴です。クロエさんが働いているベーカリーの常連です。湘南文化大学天文学研究室に勤めています」

つっかえつつそう言って、昴は頭を下げた。そんな昴に、老婦人はサングラスを額にかけ、目をしっかりと合わせてきた。

「へぇ、星読みかい。こりゃ変わり種だね」

「ええと、はい。そうですね。星を観測するのが仕事です。あの、おばあさんは……」

「リリー」

「え？」

「私はリリー・マリヤ。あんたにおばあさんと呼ばれる筋合いはないよ」

ぎろり、と昴を見つめる目。それが怖かったから、というのもあるのだが、昴は彼女が言うこともっともだと思った。自分だって、天パ君だの陰キャ君だのと呼ばれるのはあまり好きではない。なので、昴はもう一度頭を下げて謝罪したうえで尋ねた。

「仰る通りです。失礼しました。リリーさん、でいいですか？」

そんな昴に、リリーは小さくおや、と口にしてからニヤリと笑った。

「ああ。それでいいよ。あんた、見かけによらずちゃんとしてるね。星読みのスバル」

よくわからないのだが、何故かリリーは昴を評価してくれたらしい。それにしても、彼女については名前以外のことが相変わらず不明だ。クロエと同じく外国人のようだが、二人は少しも似ていない。年齢差があるから、ということではなく人種そのものが違うように見える。家族や親戚ではないと思うし、かといって友人同士というには二人の間にはやや距離があるように感じるし、性格や雰囲気に共通点が一つもない二人が親しくなるストーリーの想像がつかない。

ではクロエとリリーは一体どういう間柄なのだろう。

少し考えたが、昴は素直に二人の関係性について尋ねることにした。それくらい別に不自然でもないはずだ。

「お二人は……」

「あら、ごめんなさい！　呼び止めてしまって」

　昴が切り出そうとしたのとちょうど同時に、クロエが声を上げた。こういうとき、昴は相手のほうの続きを優先すると決めている。

「あ、いえ。大丈夫です」

「スバルさんをお見かけしたので、つい。私ったら子どもみたいですね」

　両手を頬に当て、恥ずかしそうにしているクロエ。本当に他意はなくただ声をかけてくれたらしい。

「あの、よかったらスバルさんも」

「この車は二人乗りだよ」

「そうでした。ごめんなさい。スバルさん」

　家に送ってくれようとしたのか、それともクロエとリリーがこれから向かうどこかに誘われかけたのかはわからないが、たしかにフェラーリに後部席はない。昴はいえいえ、とかお気になさらず、とかモゴモゴと答えた。

「そろそろ行くよ、クロエ」

「はい。リリーちゃん。ではスバルさん。さようなら。暗くなってきましたから、気を付けて帰ってくださいね」

「じゃあね、スバル。ああ、私のうちはあそこだ。あんたのことは少しだけ気に入ったからそのうち遊びにきてもいい。何、目立つ家だからすぐわかるさ」

クロエは少しだけ寂しそうな表情で手を振り、真っ赤なフェラーリは爆音とともに走り去った。海沿いの道を直進、それから左折して丘のほうへ。おそらく、そこに今リリーが伝えていた彼女の自宅があるのだろう。

一方、昴は驚きで固まってしまい、手を振り返すのが精一杯だった。

リリーちゃん、か？　あの六十は越えていそうなリリーをちゃん付けで呼ぶというのは相当なことだと思う。リリーは自身の呼ばれ方にこだわりがありそうだった。だがそんなリリーのほうもちゃん付けで呼ばれた際には苦笑はしたものの、訂正を促すこともなかった。かなり不自然に思える。

「……あれ？　そういえば……」

ふと気づいたが、昴はクロエの年齢を知らない。見た目から二十歳と少し程度だと思っていたのだが、尋ねたことはなかった。リリーとの関係も含めて、今度聞いてみよう、昴はそんなことを思いながら家路についた。

なお、カレーは買い忘れた。

同居人の天才数学者には、めちゃくちゃに文句を言われた。

※※

リリー・マリヤの屋敷（やしき）は湘南の海を見下ろす小高い丘の上にある。もともとはロンドンを走っていたという二階建てバス（ダブルデッカー）とログハウスが直結した屋敷。その奇妙な建築物はリリーの住居なのだが、その一角には工房がある。

「やれやれ。これも効果ナシかい」

リリーは、新しく習得したのだという方法をクロエに試し、その芳しくない結果に口元を歪（ゆが）めた。苦虫を嚙（か）みつぶしたような、とでもいうのだろうか。その表情はリリーの優しさによるものだとクロエは理解している。なんて良い人なんだろう、そう思っていた。

それだけに、リリーには申し訳なかった。最初からわかっていたのだ。いかに彼女が頑張ってくれたとしてもこの呪いが解けることはない。これまでもそうだったように、きっとこれから先も。ずっと。

「気にしないで。私は大丈夫だから」

クロエは意識的に微笑みを浮かべつつ、衣服を直した。右肩に刻まれたあの模様は、あまり視界に入れたいものでもない。

「そうかい。まあ、また何か見つけたら試してみるさ」

「ええ。リリーちゃん、ありがとう」

「せっかく来たんだ、夕食でも食べていきな。孫に作らせたシチューがある」

リリーはぶっきらぼうにそう言うと、工房を出てキッチンに向かった。これ以上、彼女に世話を焼かせては申し訳ない。そう思ったクロエだったが、思案のうえでリリーの背中を追った。彼女のぶっきらぼうな優しさを無下にしたくなかったからだ。

キッチンには大鍋があり、中にはビーフシチューがたっぷりと入っていた。美味しそうだ。リリーの孫ということは、その子もおそらくはリリーと同じチカラを持っているのだろう。これはその能力を用いて作ったシチューなのかもしれない。

「ごちそうになるわけだし、私が準備するわね。お台所、お借りしてもいいかしら?」

クロエはそう言って、エプロンを探した。シチューを温めて、その間にサイドディッシュに何か一品くらい作って、紅茶も淹れよう。そんなことを考えたわけだが、リリーの動きはクロエよりも速かった。

「いらないよ。私を誰だと思ってるんだい」

リリーはそう言うと、ぱちんと指を鳴らした。

彼女の指先から光がこぼれ、その光が大鍋へと降り注ぐ。冷めていたはずのシチューが湯気を立て、美味しそうな匂いが室内に立ち込めた。

光はさらに広がっていく。食器棚へ、テーブルへ、ガラス製のティーポットへ。食器棚からはシチュー皿がひとりでに飛び出し、浮遊したレードルが鍋から皿にシチューをよそう。ティーポットには琥珀色の紅茶が満ち、テーブル上の燭台には火が灯った。

「お見事だね」

クロエは感嘆とともに賛辞を口にした。これまでもリリーと同じチカラを持つ人々と接したことはあったが、それでもこうして目の当たりにすると多少は驚いてしまう。

リリーは現代にわずかだけ生き残っている魔法使いの末裔だ。だから、クロエが受けた呪いについてその先祖から聞かされており、こうして世話係をさせてしまっている。そうした事情はクロエもよくわかっているが、やはり魔法というのは不思議だと思う。

「そりゃどうも。けど、私なんて先人に比べればたいしたことないよ。あんたならわかるだろ？　まあいいさ。ほら、座りなよ」

「はぁい。いただきます」

リリーに促され、古い木製の椅子に着席。卓上の燭台は現代においては珍しい物なのだろうが、クロエにはそれが懐かしかった。

レコードプレイヤーがジャズを奏で、食事が始まる。やはりというべきか、シチューはとても美味しく、温かい。

「それで？　越してきてしばらくたつけど、調子はどうなのさ？」

ワインボトルを抜栓しつつ、リリーがそう尋ねた。もともと、今日はそういうことを報告するためにクロエはリリーの家に来ている。

「おかげさまで静かに平和に暮らしていてよ。リリーちゃんにはとても感謝しているわ」

クロエはリリーが開けたワインボトルをパニエに収め、それをサーブしつつ答えた。

本当に、心から感謝している。リリーのチカラがなければこの土地にやってくることは不可能だった。いやそれを言うのならば、そもそもリリーとリリーに連なる人々がいなければ、クロエはこの世界に存在できなかったに違いない。

「それはなによりさ。ああ、『ＺＵＺＡ』の店長もあんたを褒めてたよ。イマドキ珍しいくらいよく気が付く働き者の若者だってね」

クロエが働いている『ZUZA』のオーナーはリリーなので、そうした情報も伝わるらしい。店長さんが褒めてくれたのは嬉しいが、その内容は少し心苦しくもあった。自分は『今どきの若者』なんかではなくむしろ真逆な存在だ。あの人情家の店長を騙しているようで、申し訳なく思う。

「クロエ、あんたが何を考えているのかはわかるさ。けど、気にしないことだね」

クロエが注いだ赤ワイン。ルビーが溶けて液体になったかのようなそれを飲み、リリーはそう口にした。

これは例のチカラによるものではなく、彼女がクロエの表情から察したことなのだろう。年の功、というやつだろうか。それを思うと、クロエはまた感心してしまう。人は成長するという当たり前のことが眩しい。

「リリーちゃん、ホントに大人になったね」

「やめとくれよ。あんたにそう言われるとさすがに妙な気持ちになる」

ウンザリしたように手を振るリリー。瞳の優しさを除けば、そこに昔の面影はほとんど残っていない。

今この食卓を他の誰かが見たのなら『若い女』と『長く生きた女』の二人に見えるのだろう。そしてそれは、クロエに言わせれば正解だ。ただし、観測者にとって意外な形での正解となる。クロエはいい加減慣れてしまったが、リリーはそうでもないらしい。可愛らしいおばあちゃんになったな、なんて、クロエは思ってしまう。

「そんなことよりクロエ、さっきの男は？　スバルとか言ったね」

「んぐっ」

急な話題転換。しかも少し痛いところだったので、ちょうど口に入れたパンが喉に詰まりそうになってしまった。

「……へぇ」

そんなクロエをリリーは興味深そうに、そして意地悪そうに眺める。

「げほっ、ごほっ。違うわよ。そういうことじゃないの」

「顔が赤いよ。何が違うのさ」

「ええと、スバルさんは……」

本当に、そういうことではないのだ。クロエは、これまでの流れをかいつまんでリリーに話した。

最初は、スバルに目撃されていたのかと思った。轢き逃げをされたのに翌日無傷でベーカリーにいたという異常を悟られたのかと思った。それを確かめるために彼の誘いに乗った。もし目撃されていたのなら口止めをする必要があったからだ。

昔も似たようなことがあった。クロエの秘密を偶然に知った男は、その秘密の暴露を脅迫材料としてクロエに迫った。それも、そうしたことは一回や二回ではない。今回もそうなら、もうこの土地にもいられないかもしれないと思った。

でも、すぐにそうじゃないとわかった。いや、本当は最初から感じてはいたのかもしれない。さらに、接するうちにはっきりと確信した。

彼は、スバルはそういうことをする人ではない。

「それならなんで、違うとわかったのにああして親しくしてるんだい？」

「それは」

「それは？」

「……言わなきゃダメ？」

肩をすぼめて、口ごもってしまう。言葉にしづらい。

寂しかったから。一言でいえば、きっとそういうことだ。永遠に思える孤独が、寂しくて辛くて、つい、甘えてしまった。

スバルは優しくて誠実な人だ。空を仰いで星を見つめるときの少年のような瞳を、綺麗だとも思った。遥かな宇宙のお話をもっと聞きたかった。あとお友達のサツマも、とても変わっていて愉快な人だ。

もちろん、最初はこれ以上親しくなるのはやめようと思っていた。スバルが自分に恋愛感情を持っているのかもしれないし、そうであれば申し訳ない。自分は、そうした想いに応えることはできないのだから。そうじゃなかったのだとしても、自分は親しい人間を作るべきではないともわかっている。

これまでも何度も、本当に何度も失敗してきたし、多くの災いをもたらしてしまった。人を傷つけもした。そして自分自身も何度も傷ついた。だから決意したのだ。特別な相手を作ってはいけない、と。もはや大昔のこととなってしまったが、その決意は守ってきた。

なのに、それが、崩れてしまった。

あの夜、一度別れたあとに彼が振り返ったことで。

自分も同時に振り返ってしまったことで。

勘違いから始まったから、スバルが良い人だったから、あの夜の星空がとても美しかったから。全部、言い訳だ。弱さに流されてしまった。

「……その……ええと……」

「いいさ。言いたくないなら聞きゃしないよ」

言い淀んでしまったクロエに、リリーは穏やかな表情でそう告げた。きっと彼女はわかっているのだろう。それがたまらなくいたたまれない。だから、これだけは伝えておく。

「でも、ただのお友達なのよ。本当に」

そう。あくまでも、隣人であり友人にすぎない関係性。スバルと話すのは楽しいし、一緒に時を過ごすことを嬉しくも思っている。それは否定しない。だけどそれだけだ。今度は気を付ける。けっして失敗しない。適度な距離感で接していく。

どうせこの土地にいられる期間もそう長くはないのだから、その間に親しくする相手が一人くらいいたっていい。甘いのかもしれないが、そう決めた。だからしばらく彼とは素直に接する。そして時がきたのなら、そっとお別れをするだけのことだ。その後二度と会うこともない。スバルの人生には何も影響を及ぼさない。彼がいつか私のことを思い出して、ほんのわずかでも寂しく、懐かしく思ってくれたら、それで嬉しい。

ただそれだけ。育むことができないのはわかっている。だけど、ほんの少しだけ。

「スバルさんとは、今以上に親しいお付き合いをすることはないわ。だって……」

私は、化け物なのだから。

そう続けることはできなかった。事実ではあっても、言葉にしたくないこともある。

「……そうかい」

リリーは、そう言って首肯し、こう続けた。

「私はまた、あの星読みの男が『不滅の者』だったりしやしないかと思っただけさ」

きっとリリーの言葉は希望を込めたものだったのだろう。だが一方で、そんなことはありえないとわかっているはずだ。クロエは、ただ力なく首を横に振った。

クロエが受けた呪いを解くことのできる存在、『不滅の者』。

そんな人は、どこにもいないのだから。

※※

最近の昴の生活における楽しみの一つは、コインランドリーで洗濯機を回すことである。もともとコインランドリー前のベンチに座って星を見たり、ぼーっとすることが好きではあったが、ここしばらくはそれに加えてさらに嬉しいことが時々起きる。

「あら、こんばんは」

「こ、こんばんは」

それがこれである。今夜、洗濯物を持ってランドリーを訪れた昴を迎えたのは、読んでいた文庫本から顔を上げて微笑んでくれたクロエだった。ここで会うのは、もう四回目になる。

「よく会いますね」

「夜に家で洗濯機使うとうるさいヤツと同居してるので……」

「ふふふ、サツマさんですよね？」

そんな会話が、とても貴重に感じられる。

今夜のクロエはオーバーサイズのフーディにフレアスカートというスタイルだった。近頃春めいて暖かくなってきたためか、彼女の纏う衣服も軽やかさが増してきているように思えた。

「クロエさんも最近はよくここ使うんですね」

「はい！　この前、使い方を覚えたので！　その節はありがとうございました」

クロエは文庫本に栞（しおり）を挟み、それを閉じた。ちなみに本のタイトルは『大草原の小さな家』。洗濯を待つ間のチョイスがスマホではなくそれで、しかも栞を使うというのはきっと最近の若い女性としては珍しいのではないかと思う。前にここで会ったときは、何か編み物をしていて、それも珍しく感じた。いや、それを言うならばそもそも前に聞いた、家に洗濯機がないという話のほうがよっぽどではあるが。

昴は自身の洗濯物を洗濯乾燥機に入れて、コインを入れた。一時間くらいはかかりそうだが、それが少しもイヤではなかった。

「ここでお待ちになりますか？」

クロエがそう尋ねた。昴の内心としては、当然そうですとも！　というところだが、さすがにそのままは答えられない。多分彼女はひいてしまうだろうから。

「そうですね。一回帰るのも手間ですし。いいですか？」

「もちろん！　どうぞどうぞ」

クロエはそう言って、ベンチの片側を空けてくれた。顔を合わせた瞬間の笑顔や今の様子から見て、嫌われているということはなさそうだと安堵する。いや、それどころかもう少し自信を持ってもいいのかもしれない。近所のコインランドリーは昴がよく来るここだけではなく、クロエはそれを知ったうえでここに来ているのだから。

「よかったら、召し上がりませんか。ハーブティーなんですけど」

ベンチに座った昴に、クロエが水筒を差し出した。保温性があるものらしく、クロエの手元には湯気が立つカップがある。

「え、いいんですか？」

「はい。せっかくですし。お茶をしながらお話ししましょう」

ニコニコとしたままハーブティーを淹れてくれるクロエに、昴は恐縮してしまった。こんなことなら、自分も何かお菓子でも持ってくればよかった。次回からは持ち歩くことにしようと決意する。

「いい香りですね」

「よかった。うちで育てているハーブなの」

「え、すごいですね」

昴は思わずカップを二度見してしまった。琥珀のような色合い、柑橘類のような香り、とても美味しいと思う。洒落たカフェで売っているようなものとは違うかもしれないが、素朴でホッとする味わいが感じられる。

「すごくないですよ。ただの節約です。テレビジョンで知ったんですけど、こういうのを……えーっと、でぃーあいわい？　というそうですね」

「……それはちょっと違うかもしれませんね」

昴は苦笑しつつ、ハーブティーをもう一口啜った。体も心も、温かくなるようだった。本当に美味しい。多分彼女は、ハーブの栽培やお茶を淹れるのが上手いのだろう。

そういえば『ＺＵＺＡ』のパンは石窯で焼いているそうだが、クロエはお店に入ったときからパンが焼けたと店長から聞いた覚えがある。

洗濯機の使い方を知らなかったり、スマホを使っているのを見たことがないこともあわせて、まるで昔の人みたいだ、とも思う。洗濯機を使う前はなんと手洗いをしていたというから驚きだ。ただ、そんな彼女の生活はむしろ豊かそうに見えるから不思議だ。

「この前スバルさんが仰ってた電器屋さんに行ってきました」

「あ、どうでしたか？」

そんな風にして交わされるなんてことのない会話が、かけがえのないものに感じる。

「洗濯機って色々なものがあるんですねぇ。もう少し、考えてみます」

洗濯機がないのはやはり不便だろうということで、そうしたことに疎いと言った彼女に電器屋さんを紹介したことに後悔はない。もし搬入が必要なら自分と薩摩が手伝うと申し出たこともだ。だが、それによってなくなる時間のことを考えるとやっぱり寂しくも思えた。

電器屋の話題に始まり、色々なことを話した。この季節に咲く花のこと、縫物をしていて失敗したこと、シチューの作り方を変えてみたこと。クロエの話題はどれも昴には馴染（なじ）みのないものだったが、自然とすんなりと心に入ってくる。

昴のほうは、仕事のことや天体のことや大学のことを話すわけだが、その三つはつまり全部天文学のことだ。なので、他には薩摩の言動がいかに変わっているかとか、好きなゲームやアニメについても少しは話す。クロエはときおり笑ったり、驚いたりしてくれた。

「そういえば、この前、僕の仕事の目標とか聞いてくれたじゃないですか」

「ええ」

しばらく他愛のない話をしたあと、昴は次に会ったらしようと思っていた話題に向けて舵(かじ)を切った。前回ここで会ったとき、クロエは昴の研究内容について尋ねてきて、その流れで銀河を見つけることについて話した。そのくだりが長くなってしまったせいで洗濯が終わり、昴のほうは聞き返すことができなかった。

「クロエさんは、なんかこう、目標とか、こうなったらいいなー、みたいなことってあるんですか?」

それは、特に他意のない質問だった。昴は、彼女のような人を他に知らない。それは外国人だからということだけではなく、様々な意味でだ。だから純粋に興味があり、知りたかった。

「んー。そうですね」

クロエは細い指先を顎先に当て、目を閉じた。むぅ、というように眉間が少しだけ狭くなる。

「特別なことは、ないですね」

考え込んだわりに、クロエの回答はあっさりしたものだった。

「私は何かすごい仕事をしているわけじゃないもの。……ただ」

クロエはそこで言葉を区切り、ベンチの背にもたれるようにして夜空を仰いだ。

「家族や友人と一緒に年を重ねて、穏やかに生きていけたらいいな、と思います」

温かいハーブティーを飲んでいたから、クロエが吐く息が白く染まる。

「こういうハーブティーを一緒に飲んで、寒い日にはみんなで暖炉の前で話して。そのうちおばさんになって、おばあちゃんになって。小さくて、温かくて、優しい場所で、愛する人たちとずっと一緒に生きていければいいなって、思います」

ゆっくりとそう語るクロエの声は、不思議な切なさを帯びていた。未来について話しているはずなのに、郷愁を誘うような響き。ただ飾り気のないその言葉はあまりにも純粋で、それが彼女の心からの望みなのだということが伝わってくる。

「それは、素敵な夢ですね」

昴にしては珍しく、あれこれ考える前にそう口にしていた。

きっとそれはクロエの語る温かさが染みこんできたから。普段は意識することもない心のどこかに、溶けていくように。

　正直に言えば、昴は今彼女が話したようなことを考えたこともなかった。父親が亡くなったあとは、恋人もずっとおらず、親しい友人も少ない自分には遠すぎる想いだったからなのかもしれない。だが、いや、だからこそ、その尊さにハッとする。気づくことすらしていなかった温かさに、憧れに似た気持ちが湧き上がる。

　愛する人、なんて言葉を日常会話で聞くことはほとんどない。クロエが母国語から翻訳した都合でそういう表現になったのかもしれない。だけどそれは驚くほど自然に聞こえた。愛、なんていう昴にはよくわからないものを、彼女は知っているのかもしれない。

「ふふ、なんかちょっと恥ずかしいわね」

　そう言ってはにかむクロエに、昴はあやうくまた告白しそうになった。だけどそれはなんとか思いとどまり、代わりにこう伝えた。

「きっと叶いますよ」

　彼女の語る暖炉の前に、自分もいたらいいなと思ったのは秘密だった。

「ありがとうございます。スバルさんの夢も、きっと」

　クロエはそう言って、小さく笑った。

私を、救えますか？

冬と春の間。毎年決まった日の夜に、昴は近所の砂浜に出向く。持っていく天体望遠鏡はアパートのベランダに設置してある最新型のものではなく、普段は自室に置いてある二十年以上前に作られた古いものだ。

すっかり人気のなくなった海辺に望遠鏡を設置して、レンズの調整をしていく。行うのは、学術的な意味がある天体観測ではない。一応星は見るが、これは感傷的な意味のある墓参りに近い。

「キミがそうしていると、オジサンにそっくりに見える」

天体望遠鏡の左側に座る昴を見て、右側に立っている薩摩がそんなことを言った。

「そう？　まあ僕らも三十代が見えてきたし、やっぱり親子は似てくるのかな」

「オジサンのほうがキミよりカッコよかったけどね」

薩摩はそう嫌味な口調で呟くと、やはり望遠鏡の右側に座った。夜のビーチに、二十代後半の男が二人、天体望遠鏡を挟んで会話しているというこの状況は、あまり見かけないものかもしれないな、と昴は思った。とはいえ、習慣というか年中行事のようになっているこれは、変えるつもりはない。おそらくは、薩摩も。

「えーっと、一応調整終わったけど、薩摩見る？」

「うん。オリオン座を見てみるとしよう」

薩摩は無表情だが、昴はその答えに笑った。去年もおとといしも、そして二十年前も聞いたセリフだ。薩摩は古い天体望遠鏡を覗き込みつつ、昴に語りかけた。

「しかし早いものだな。オジサンが亡くなって十六年か」

「だね」

今日は、昴の父親の命日だった。毎年、墓参りの代わりに町工場の職人だった父親が残した天体望遠鏡で星を見ることにしている。父親の墓は遠い地元にあって帰りづらいという理由もあるのだが、こうして天体観測をしているほうがより父を偲べる気がしたし、父も喜ぶような気がしていた。

薩摩が昴のそんな気持ちに同意しているのかは知らないが、毎年こうして付き合ってくれる。多分、この天才数学者にとって昴の父親は特別な存在なのだろう。

「次はふたご座だ」

天体観測を続けている薩摩の実家は青果店である。両親兄弟ともに明るく押しが強い体育会系の人たちで、突然変異のように生まれた末っ子の神童はその家族の中でかなり浮いていた。薩摩が新しい数学の解き方を発見しても誰もわかってくれないし、薩摩は家族で一人だけ甲子園に熱狂もしない。

そのためか、薩摩は青果店の隣にある町工場の職人、つまりは幼馴染である昴の父親によく懐いた。多少の科学的知識や学術的好奇心を持っていた父親は薩摩の話をよく聞いては感心していたし、昴も一緒に科学や数学の初歩について教えてくれていたのだ。薩摩から見て、初めて出会った『話の通じる大人』だったのだと思う。もちろん今の薩摩から見れば、とても低レベルになってしまうのだろうが、小学生が友達の父親に使う呼称『オジサン』が今でも現役なところに、彼の愛着を感じなくもなかった。

「代わろう。昴、キミの番だ」

「ああ、うん」

長身の薩摩のあとなので、昴は望遠鏡の高さを調整してから覗き込んだ。春と冬の星座が混在する夜空が目に映る。

一年に一度だけ、こうするときに昴は内心で父親に語りかけることにしている。感覚的には墓や仏壇を前にしているのに近いのかもしれない。

父さん。僕は二十八歳になったよ。前から参加してるあのプロジェクトはまだ続いてて、非常勤みたいなものだけど大学でも教えてる。そんなに給料は高くないし奨学金もたっぷり返済が残ってるから、プラネタリウムでも働いてる。薩摩は相変わらず薩摩だよ。

昴は、天体望遠鏡を動かし、アンドロメダ星雲のあたりに向けてみた。専門家が研究に使うものとは全然違う、楽しむためだけの小さく古い天体望遠鏡ではあるが、少しだけ宇宙が近くに見える。職業や知識からくる感覚として『死んだ人が星になった』とは思えない昴だが、天体望遠鏡を覗いていると傍らに父がいる気がしてくる。きっと、子どものときの感覚の名残だ。

ああ、そうだ。実は女性と親しくなったんだよ。僕にしては珍しいだろ。少し不思議で、とても素敵な人だよ。

わずかな気恥ずかしさを覚えながら、そんなことを思う。

それもあって、最近は頑張ろうと思ってるよ。観測提案とかさ。正直言って全然自信ないし、遠くの銀河はホント遠すぎるんだけど、一応ね。

そう語りかけた昴はあることに気づいて、ため息をついた。

思い返してみると、昴はこれまでも似たようなことを父に報告してきたような気がする。受験や論文、就職。頑張ってみると語りかけて、その結果は第一志望校に落ちて第二志望校に進学したり、論文の評価は低かったり、ＪＡＸＡの研究員には不採用だったり。要するに、結果や功績を残せていない。もしこのまま死んだとしたら、天文学の世界からすると昴という人間はいてもいなくても同じだったことになるだろう。何も、残すものはない。

そういうわけなので今頑張ってると報告したことも、なんとなく不穏だ。

父はどう思うだろうか。と、ふと考えてみたが、わからない。

昴の目から見て、父親は真面目な努力家だったと思う。小さな工房で、毎日毎日仕事をして、望遠鏡を作っていた。新しい技術が生まれればそれを学び、天体観測へのニーズに応えるべく試作も繰り返していた。頑張って、いた。

しかし、父の工場はすでになく、生み出してきた天体望遠鏡も今では流通していない。そういう意味では似たもの親子と言えるのかもしれない。いや、世の中の大半の人はきっとそうで、そうじゃない人のほうがレアケースなのだ。

昴が見ていた恒星の光が滲んだ。涙が出たわけではない。この天体望遠鏡は古いものなので、ときおり調子が悪くなるのだ。おそらく昴の手元にしか残っていないであろう一台も、もう限界が近い。

人が本当に死ぬのは、その人のことを覚えている人がいなくなったとき。そんな言葉を聞いたことがある。この分だと、父の本当の死はそう先のことではなさそうだ。もう、父がどんな声をしていたのか、うっすらとしか思い出せない。

まあ、考えても仕方ないね、暗くなるだけだし。一応、僕も薩摩も元気にやってるから安心してよ。あの世っていうのがあるのかはわからないけど、もしあるんなら、そっちでも天体望遠鏡作ってる？　もしすごいのができたら夢枕にでも立って教えてよ。ああ、そうだ。知らないと思うけど、この前インドの天体物理学者がすごい発見を……。

天文学のこと、クロエのこと、薩摩のこと。色々なことを話して。それから別れを言って、昴は天体望遠鏡から目線を外した。そうすると、ずっと遠くから一瞬にして現実の、この湘南の、夜のビーチに戻ってきた気がする。

「薩摩……」

そして、すぐそこの砂浜の上で仰向けになっている薩摩に苦笑する。まるでエジプトのファラオや棺桶(かんおけ)の中のドラキュラのように、胸の上で両腕を交差した薩摩は安らかに眠っていた。道理で静かだと思った。そういえば去年もそうだったが、薩摩は定時になるとどこでも寝てしまうらしい。さすがにここから薩摩を抱えて階段を上ってアパートの五階まで帰れるとは思えない。ベッドじゃない場所だし、しばらくすれば目が覚めるだろう。

春先とはいえ、夜はまだ冷える。昴は着ていたジャケットを脱ぐと、それを毛布代わりにドラキュラにかけた。もうしばらく、星を見よう。

※※

クロエは普段、ベーカリーの閉店時間にあわせて仕事を終え帰宅する。なので、その夜帰りが遅くなったのはたまたまの偶然だった。店のスタッフが一人風邪をこじらせて休んでしまい、明日のパンの仕込みをする閉店後の役割を代わったためである。

遅い時間だから車で送るよ、という店長の申し出を遠慮し、海沿いの道を歩く。なんとなく眺めていた砂浜に人影を見つけて、それが誰であるかわかった。

会えるとは思っていなかったから。砂浜に向けて歩くクロエの足取りは、軽くなった。

「スバルさん」

天体望遠鏡と、眠ってしまっているらしいサツマさん。その真ん中で足を伸ばして座り、夜空を眺めていた彼に声をかける。

「え？　……あ」

彼は、クロエが声をかけるといつもちょっとだけ慌てる。不器用というかシャイというのかわからないけど、なんだか少し可愛いと思う。

よく見ると、スバルが着ているのを見たことのある上着がサツマにかけられている。そんなスバルは両腕で肩を抱いている。寒そうな彼の姿。クロエは胸の奥のほうがキュッとしめつけられたような感覚を覚えた。

「天体観測をなさっているのですか？」

「まあ、そう……かな。はい。クロエさんは？」

「私は今帰りです」

「お疲れさまです」

それで会話が一度止まる。そこで思う。

私は、なんで今スバルさんに声をかけたのだろう。別に用事はないし、天文学者である彼が天体観測をしているのだから仕事中なのかもしれないのに。

「ごめんなさい」

「え」

「お邪魔だったかしら、と思って」

「いやいやまさか。薩摩が起きるまで待ってただけなんですよ」

スバルは何やら迷う様子を見せた。話しているときに彼はたまにこんな表情をする。

「……クロエさんも見てみます？　これ。古い天体望遠鏡で申し訳ないんですけど」

鼻の下のあたりを指でこすりながらされたスバルの提案が、自分で驚いてしまうくらいに嬉しかった。

「ぜひ」

それから、しばらく二人で一緒に星を見た。クロエは大きなストールを巻いていたので、寒そうなスバルにこれに二人で包まってはどうだろうと思ったものの、何故か言いだすことができなかった。そうしたいと、思っていたのに。なので、貸そうと提案したけど、それは頑なに断られた。彼は意外と意地っ張りだ。

スバルは色々な星の話をしてくれた。学術的なことから星座の神話まで。さすがは専門家だと感心したし、遥かな光を見上げる横顔は聡明で、聞いているとワクワクした。

古い天体望遠鏡は父親の形見なのだそうだ。今となっては性能も低いし劣化しているからいずれは使えなくなるかもしれない。そう語るスバルは寂しそうだった。その気持ちはクロエにもよくわかる。かもしれない、ではないのだ。いなくなってしまった人の痕跡は薄れていき、いつか必ず消えてしまう切なさと虚しさは、誰よりも知っている。

「ここの星空もいいんですけど、やっぱり観測はしづらいですね」

ふと、スバルはそんなことを言った。街の灯りがある地域では星々が見えにくくなるらしい。たしかにクロエの記憶している過去の夜空にはもっと多くの星が瞬いていた。

「スバルさんは、どこで見る夜空が一番美しいと思いますか？」

クロエは好奇心からそう尋ねた。

こんな瞳で星明かりを見る人の答えを、純粋に知りたかった。

「んー。一番って言うと難しいですけど。……そうですね。一度、修士課程のころ教授のお供で行ったことのあるラ・パルマ島で見た空はすごかったです」

スバルは、その島のことを話してくれた。自然が豊かに残る大西洋の小さな島、地球上で最も天体観測に適した場所の一つ。たくさんの展望台や観測施設があるその島の中でも一番高い場所にある天文台。遮るものもなく、銀河の光で影ができてしまいそうなほどの澄んだ夜。そこから見える、天空とその先のパノラマ。

「実は、僕が今やってる観測提案の候補でもあるんですよ」

スバルが恥ずかしそうに言う観測提案というものが何かはよくわからなかったが、その島のことは強くクロエの心に残った。ずいぶんと生きてきたつもりだが、その島のことは知らなかった。

スバルの声に、星空のイメージが見える。きっと、美しい島なのだろう。素晴らしい空なのだろう。まだ見ぬその光景に、ときめきに似た感情を覚える。

「またいつか、行きたいな」

そう呟いたスバルの声色がいつもと違うのは、きっと思わず漏れた独り言だから。それがわかっているから、応えるのは違うのかもしれない。だが、クロエもまた自然に想いがこぼれた。

「私も、行ってみたいです」

クロエは目を閉じた。きっと、日本にいられる時間はそう長くない。スバルともお別れすることになるだろう。けれどラ・パルマ島には訪れたい。どうせ、時間はあるのだ。

きちんと覚えていて、ちゃんと調べておこう。

きっとその島で銀河を見上げれば今夜のことを思い出せるから。

それはとても大切なことだから。

「……じゃあ……」

スバルが何かを口に出そうとしたが、それは遮られた。

「デデキント切断！」

眠っていたサツマが謎の寝言を叫び、直後に勢いよく体を起こしたからである。

「ふう……。フェルマーの分際でこのボクに……。なんだ夢か。……はっ！　ここはどこだ！　おや、クロエ嬢じゃないか。何故ここに」

後頭部に砂を付けたまま寝ぼけているサツマにスバルはため息をついた。そんな様子がおかしくて、クロエは笑ってしまった。彼らはとてもよい友人同士なのだろうと感じる。

「ふふ。こんばんは、サツマさん」

「永遠に眠ってればよかったのに」

スバルのサツマへの毒舌は温かい。

クロエには、それが羨ましかった。

彼らの近くで過ごす日々は、心地よい。スバルの気持ちにも、応えたいと思っている自分がいる。いて、しまう。

ずっとここにいられるわけはないけど、もう少し、このまま。

クロエはいつかラ・パルマ島で思い出すであろう日々を、噛みしめた。

※※

「そういえば昴、今キミが考えている観測提案のアイディアについてだが」

「え、珍しいな。けど今その話する？」

「もちろん、詳しくはこの戦いが終わってからだ。この場をボクらが離れればあのエイリアンたちの侵攻を止めることができないじゃないか」

「薩摩、そこ爆弾があるぞ」

「なっ」

薩摩が操作していたシルベスター・スタローンが降ってきたダイナマイトを避けきれず爆死した。コントローラーを手にしたまま驚愕（きょうがく）している薩摩。彼のそんな表情はたまにしか見られないので、面白い。昴はついニヤニヤしてしまった。

昴が薩摩とともに部屋でプレイしているこのゲームは、ハリウッド映画の主役によく似たキャラクターたちを操りテロリストやエイリアンと戦うという荒唐無稽な内容である。

「早く助けてくれ。昴。このままでは地球が危ない」

そういうゲームでも薩摩は大真面目に取り組む。彼はある意味いつでも真剣なのだ。そうした点については、昴は彼のことが嫌いではなかった。ときに、いやほとんどの場合において面倒ではあっても。

「まあ待て」

さきほどスタローンが爆死してしまったため、しばらく薩摩はゲームに戻れない。昴が操るチャック・ノリスによる救助を待たなければならない。しかしちょうど敵の姿がなくなり、チャック・ノリスは安全にジャングルを進めそうだった。チャックはロケットランチャーで岩を爆砕してさらに奥地へと踏み入り、同時に昴は疑問を口にした。

「っていうか、いつ僕の観測提案の内容とか知ったわけ？」

「そこのホワイトボードに書いてあるじゃあないか」

ゲーム画面から一瞬目を離し、リビングに設置してあるホワイトボードに視線を向けた。この部屋には一応博士号を持つ理系の学者が二人住んでいるため、ホワイトボードが二つ設置してある。アイディアや計算式などを思いついた際にすぐに書き込むために、あるいは今やっている研究テーマをいつでも確認するために、またあるいは買い物する物品をメモするために活用している。なお今週の昴のホワイトボードには、牛乳、トイレットペーパー、そしてその下に数式と座標などの羅列が書き込まれていた。

「ああ、そっか」

「キミはもう少し数式を美しく書くようにしたほうがいい」

「それは失礼しましたね」

このホワイトボードに昴が書いた数式や天文学上の発想に対して、薩摩が自分から何かを言うことはこれまであまりなかった。なので、気になると言えば気になる。

「それで？　あのアイディア……っていっても全然まとまってないけど、意見ってなに」

「ふむ。キミにしては珍しく光るものがあるように思う」

「!?　ホントか？　大丈夫か薩摩。お腹痛いのか？」

記憶にある限り、薩摩が昴の研究内容や論文を高く評価したことはない。ゆえに衝撃の事態と言えた。そして、正直に言えば、悔しいが嬉しい。

「腹痛はない。そして現時点ではあくまで発想についての評価というだけだよ」

早口でそう言う薩摩は数学者だが、天文学についても一定の知識がある。と、いうか現代において天文学というのはおおむね天体物理学であり、物理学というのは数学を基本とするものだ。『宇宙という書物は数学という文字で書かれている』という言葉が真実であるということは多くの研究者が同意することであろう。そして薩摩の数学的な才能と実力については広く学会が認めていることであり、昴自身も非常にやるせないながら彼のことを天才だと思っている。

そんな薩摩の予想外な一言に、昴が操作しているチャック・ノリスは足を止めた。

「早く先に進んでボクを助けてくれ」

「あ、ごめん」

昴は再びチャックを走らせ、牢屋に入っている味方キャラを救助した。今度の薩摩の操作キャラはアーノルド・シュワルツェネッガーである。

「そ、それで？　質問っていうのはなに？」

昴は若干のときめきとともにそう尋ねた。数学的見地から寄せられた閃きによって天文学的発見がもたらされたことは少なくない。今、昴が進めている方向性は教授からも高い評価を受けているが、それがさらに発展するかもしれない。

「その話はあとだ！　うおおおおぉぉぉ！」

薩摩は甲高い声で、本人としては雄々しくそう叫ぶと、シュワルツェネッガーにマシンガンを撃たせながらエイリアンの群れに突撃していった。こうなるともう無理だということはよくわかっているので、昴は深追いしないことにした。代わりにチャックにロケットランチャーを撃たせ、薩摩の援護をする。

数分後。オタク気質で運動が苦手な博士二名が操るマッチョなタフガイはエイリアンを壊滅させ地球を救ったのだった。

「……ふう。ギリギリクリアだな」

「うむ。厳しい戦いだったが、ボクらの勝利だ」

コントローラーを置き、地味な快哉（かいさい）を叫ぶ二人。薩摩とプレイするゲームはなんだかんだ面白い。なので昴としても盛り上がってしまっていたのだが、さきほどのことに話題を戻す。

「それで薩摩、さっきの話だけど」

「少し長くなる。キミはいいのかい？　もうすぐ正午になる」

「え？」

「クロエ嬢と会う約束をしているのでは？」

薩摩はコントローラーを消毒シートで清めてから所定の場所にきっちりと片付けつ

つ、そう尋ねた。

「やばい。もう行かないと」

そう、今日は大変喜ばしい予定があるのだ。

薩摩とは朝食後にわずかな時間だけ遊ぶつもりが、思いのほかエイリアンに手こずってしまい時間を忘れていた。天然パーマを多少まともに見えるようスタイリングしてクリーニングしてあるジャケットを発掘することを考えるともうギリギリだ。

「帰ってからな。忘れるなよ」

自室で出かける支度をしつつ、リビングに顔だけ出した昴はそう念を押した。今は、わずかなヒントでも欲しいときだ。

「ボクの記憶力が優れていることは今更確認するまでもないことだと思うが」

「はいはい」

「夕食には帰るのかい？」

「あー、どうだろ。多分」

「そうか」

薩摩は短くそう答えると、ソファから立ち上がりキッチンに向かった。おそらく紅茶を淹れるのであろう。その横顔は相変わらず無表情だったが、昴にはいつもとは少しだけ違うようにも見えた。多分、気のせいだろうとも思う。

支度を済ませ、出かけようとした昴を薩摩が呼び止めた。

「昴」

振り返り、聞き返す。

「なに？」

「最近のキミは、いい傾向にあるように思う」

キッチンのスツールに座り、長い脚を組んで紅茶を飲む薩摩がそう言った。これまた珍しい物言いだ。昴は意識せずとも自分の顔がくしゃりと歪んだのがわかった。

「なのでボクもキミを参考に、あることを試してみようと思う」

薩摩は紅茶の、おそらくはアッサムの香りをききつつそんなことを言った。およそ彼らしくないセリフだ。

「薩摩が僕を参考に？　ははは、ホントに変なものでも食べたんじゃないの」

「結果は後日報告しよう。なにしろ、キミはボクほどじゃないがいいヤツだからね」

「？　そりゃどうも」

「行ってらっしゃい」

慌てて支度を済ませた昴は、無表情に手を振る薩摩に手を挙げて応えアパートを出た。

※※

昴がＪＲ辻堂駅に到着したのは、約束していた正午の十五分前だった。ひとまず息をつき、胸をなでおろす。クロエとの約束の時間には間に合いそうだ。

「ふー……」

ひとまずの安心とともに、昴は辻堂駅からデッキを渡り、直結している『テラスモール湘南』へ移動。モール前にあるベンチに腰を下ろした。ここが今日の待ち合わせ場所だ。

近くに住んでいるわりに、昴がこのモールに来たのは初めてだった。何故ならば特に用がなかったからである。が、実際に来てみるとたしかに話に聞いていた通り雰囲気の良い場所だと思えた。

植物がいっぱいで洒落ており、建物も数年前にできたばかりとあって白く輝くように美しい。都会的かつ開放感のある空間は、三月の青空によく映えていた。

ベンチに座る昴は腕時計を確認した。天球儀を模した文字盤に示されている時刻がちょうど十二時を指す、と同時に昴のパンツのポケットが振動した。スマートフォンに何か着信したらしい。

〈クロエです。ごめんなさい。電車にのるときに迷ってしまい、十分くらいおくれてしまいそうです。今はでんしゃのなかなのでお電話ができず、めっせーじをおくりましたが、とどいていますでしょうか〉

少し驚く。クロエからメッセージがくるのは初めてだった。少し前に電話番号は交換していたが、その際に彼女はスマートフォンやメッセージアプリに慣れておらずほとんど使ったことがないと話していたのを覚えている。そもそも彼女にとって日本語は母国語ではないのだから、文字を入力するのも大変だろう。

さらに今送られてきたたどたどしい文面からも、彼女が必死に伝えてきたということがわかった。

なんだか、昴のほうもそわそわと落ち着かなくなる。たかが時間に遅れたくらいのことで彼女に気に病んでほしくないし、こうして必死にメッセージを送ってきてくれたことも申し訳ない。だが一方で、自分に向けられた彼女の誠実さを嬉しくも感じてしまう。

昴は顎に手を当てて少し考え、返事を書いて、一度消して書き直した。

〈スバルです。だいじょうぶです。ゆっくりきてください〉

熟考したにしてはシンプルにすぎたかもしれないが伝わることが一番大切である。念のため英語でも同じ内容を送信しておく。

送信を終えると、今度は緊張してきた。こうしてわざわざ待ち合わせをしてクロエと二人で出かけるのは初めてのことだ。誘ったのは昴のほうからだが、応じてくれたことの現実感がまだない。今からここに彼女が来るというのが嘘みたいだ。

『でしたら、私はシネマが観てみたいです』。クロエがそう言ったので、シアターも入っているこのモールに来ることにしたわけだが、これはつまり、いわゆる、まぎれもなくデートである。そう意識すると、昴はまだ彼女に会ってもいないのに硬くなってきた。

「……やばい」

ぽつり、とそう口にする。自分のことだから、焦っていっぱいいっぱいになって変な態度を取ってしまうかもしれない。昴は自らを落ち着かせるべく、スマートフォン内に入れてある観測提案の作業ファイルを開いた。

分析してきたデータをもとに、天域や日時の条件をまとめ、候補を導き出していく過程が記されている。隙間時間にあってもこれを確認すると没頭できて、頭を切り替えることができた。それに新たな気づきが得られることもある。

「あー……。そっか、これ……。違うかもしれないな」

「しかし天候条件に左右されすぎだな、これだと」

「競争率高いけど、やっぱり宇宙望遠鏡のほうが……。いや、やっぱりラ・パルマの……」

口元を押さえ、すぐ近くにいる人にさえ聞き取れないほどの掠(かす)れた小声での独り言が出始める。そうしているうちに、時間の感覚を忘れていく。

「お待たせしました！」

「……」

データに引っかかる部分がある。もう一度演算をやり直したほうがよさそうだ。週明けに研究室に行ったら、まずハワイの天文台の観測結果をまとめて、複数の角度からやってみよう。そう決めて、さらに時間が過ぎていく。どのくらい、そうしていただろう。

「あのー……こんにちは」

「……」

「……スバルさん？」

遅れること数秒、自分の名前を呼ばれていることに気が付いた昴は顔を上げて隣を見た。

「あ、はい」

そこには、つまり隣のベンチには当たり前と言えば当たり前なのだが、クロエが座っていた。昴を斜めから覗き込むように体を傾けて、それで落ちた髪を耳にかける仕草をしている。春らしい色のトップスと紺色のロングスカート姿は、彼女の背景に広がる青空に映えていた。

「き」

綺麗ですね。昴は脈絡なくそう言いそうになった口を噤み、慌てて立ち上がった。あわせて時計を見る。待ち合わせ時間からすでに三十分以上過ぎている。クロエからは十分ほど遅れると連絡がきていた。ということは。

「あの……もしかして、ずっとそこにいました？」

スマホでデータを閲覧し、検討するのに没頭しすぎて彼女が来たのに気づいていなかった、ということだろうか。おそるおそる尋ねた昴に、クロエはくすくすと笑った。

「ふふ。ええ、ごめんなさい。私にお気づきにならないんですもの。何か集中していらっしゃるようでしたので、ここで見ていました。遅れてしまいごめんなさい」

「うわ。そうなんですか。僕のほうこそ、すみません」

「いえいえ。なんだか面白かったですから」

クロエはふわりと微笑み、不思議な発言をした。一体何が面白かったというのだろう。

「もうそろシネマのお時間なので、申し訳ないとは思いつつお声かけしたの」

クロエの言葉は優しかったが、昴は猛烈に反省した。こういうことをこれまでもやらかしてきたからモテないのだと改めて思う。

映画が始まるまでもうすぐだ。本来の予定としてはその前に軽くお茶でも飲みながら話そうと思っていたのだが、もうシアターのほうに向かわなければならない。

「あ、ホントですね。じゃあ行きましょうか、シネマ」

昴は時々妙に古風なクロエの言葉遣いにあわせて、シネマという表現を使った。単語としては知っているし意味もわかるが、口にしたのは初めての言葉だ。

「はい。シネマを観るのはとても久しぶりなので楽しみです」

シネマ。実際発してみると、あるいは耳にすると、なんだかただ映画に行くというより心が躍る響きのように昴には思えた。

天井が高く開放感のあるモール内を歩き、シアターに移動。その間にも、昴はクロエと言葉を交わした。クロエのほうは最近ベーカリーで働いているときに起きた面白いことや彼女が好きだという音楽の話を、昴のほうは薩摩と遊んでいるゲームや担当している講義で学生からつけられているあだ名について。モールの中を歩いているから、目にした雑貨や広告なども話題となった。

直前にしていた心配とは異なり、自分にしてはとても自然に女性と会話が続けられている。昴はそう感じた。そしてクロエのほうもリラックスしていて楽しそうに見えた。それが気のせいでないことを願うばかりだ。

「それにしても、最近の日本は色々なことが発達していて、すごいですね」

エスカレーターの途中。吹き抜けになっているモールの階下を眺めるクロエはそんなことを言った。

「そう、ですか？」

「ええ。だから電車に乗るのも大変でした。切符を買うのも、改札を通るのにも戸惑ってしまって……。だって機械に切符が吸い込まれるんですもの！　それに、他の方々は切符を買わずに電話をかざして……、こう、ピッ！　って！」

クロエはスマートフォンで改札を通る仕草を真似(まね)してみせた。少し申し訳ないが、その姿はどこかユーモラスで可愛らしく見える。

聞けば、待ち合わせに遅れたのも電車に戸惑ったことが原因とのことだ。時々、彼女は大昔の人のような言動をする。そうしたキャラクターを演じている様子は感じられず、今も本当に驚いたのだということが表情や仕草から伝わってくる。彼女がイギリス出身ということは聞いているが、それは結構な田舎なのかもしれない。

彼女については知らないことばかりだ。そこが魅力的にも感じているが、一方でもっと知りたいとも思うし、少しずつ聞いていきたい。が、とりあえず昴は改札が自動化された流れや電子決済のシステムについてかいつまんで説明することにした。なるべく理屈っぽくならないように、という点は気を付けたつもりだ。

「なるほどぉ。……スバルさんは物知りですね。それに、説明するのがお上手です」

「いや、それはどうですかね……？　僕の講義、あんまり人気ないですし」

そんなことを話しているうちに、シアターに到着。昴はインターネットで予約していた席を発券した。

観る映画は決まっている。『ブルー、グッドエンド』というタイトルで、実話を元にしたフィクションとのことだ。主人公は実在するプロサーファーらしい。昴はもちろんサーフィンなんて生まれてこのかた一度もやったことはないし、どちらかといえばスポーツものや青春ものよりはＳＦやスーパーヒーロー作品、ホラームービーをよく見るほうだが、今回はクロエとの相談の上、この作品を選んでいた。映画の舞台が、まさに昴たちの住むこの湘南の土地であることや、ＣＭで流れていた海の映像がとても美しかったことが理由である。

　半分ほど座席が埋まっている館内に入って着席。周囲はまだ明るい。

「私、楽しみです」

　隣に座るクロエが小声でそう呟いた。珍しそうに館内を見渡してもいて、彼女がウキウキしている様子が伝わってくる。

「僕もです」

　昴は笑ってそう答えた。映画も面白そうではあるが、楽しそうな彼女を見られただけで来てよかったと思えた。

※※

「び、びっくりしました……！」

　映画を観終わった二人は、そのままモール内のカフェに入った。クロエが注文したケーキセットはまだ運ばれていないが、彼女は興奮した様子で映画の感想を口にしている。まるで、耐えていたものが決壊したかのような印象を受ける。

「あれ、どうやって撮影したんでしょうか？　海の中の映像とか、波の上を飛んだところとか……！　最近のシネマはすごいのね」

　クロエは拳を握るようにしてそう力説している。いつも淑やかな印象を受ける彼女がそうしているギャップが少しだけ面白かったが、昴も彼女の意見には同意だ。

「ですね。水飛沫とかがあんなに綺麗に映像になってるのは初めて見ました。それに、面白かったです」

「ですよね!?」

　昴の感想に、クロエは体をぐっと前のめりにして賛成した。

「主人公の彼が波に挑むラストシーン、とても心打たれました。やっぱり、何かを成し遂げようと懸命な姿は素敵なものですね」

　そう言って目を閉じるクロエ。そんな彼女の言葉に、昴は少しの羨ましさを覚えた。彼女にそう言ってもらえたあの主人公に対して、という意味で。

「たしかにカッコよかったですね」

　昴は力なく笑った。主人公を演じていた俳優は演技に対して、モデルとなったという実在のプロサーファーはサーフィンに対して、それぞれ真摯で誠実なのだろう。そう感じさせるシーンだった。迷わずまっすぐなその姿勢は昴には眩しかった。遥かな銀河を求めつつどこかで届くはずがないと感じている弱い自分は、彼らのようではないと知っているからだ。

「僕はああいう風にはなれないから、憧れちゃいます」

昴がそう続けると、クロエは意外そうにきょとんとした表情を見せた。小首をかしげ、頬に指先を当てている。

「そう、なんですか？　だって……」

「お待たせいたしました。こちらケーキセットとアイスコーヒーになります」

クロエが何かを言いかけたが、ちょうどウェイトレスが注文を運んできたため遮られた。そして昴にはそれがありがたかった。情けなくて、カッコ悪くて、あまり積極的に続けたい話題ではない。

「美味そうですね」

「え？　はい。そうですね」

だから、こうして話題を切り替えて少し安心したわけだが、それはそれとして本当にケーキは美味しそうだった。きめ細かいクリームがたっぷりで、フルーツは新鮮そうで、きらきらと輝いているようにさえ見える。

「あ、ホントだ。とても美味しいです」

上品な手つきでフォークを操り、小さな欠片を口に運んだクロエの表情がはなやいだ。

「やっぱり僕も頼もうかな……。でも、朝もチョコ食べたしな……」

昴ももう二十八歳なので、甘いものを食べすぎるとあまり健康にはよくないと思われる。なので注文するかどうかは悩むところだ。しばし考え込んでいると。

「でしたら、一口だけいかがですか？」

クロエはなんでもないことのようにそう提案してきた。

「えっ」

記憶にある限り、昴は女性が食べているものを一口貰った経験はない。別に潔癖症だからとかそういうことではなく、単にそうしたことができなかっただけだ。今だって、反射的に中途半端で不気味な笑みを浮かべつつ、あっ、とか言いつつ遠慮しそうになっている。

意識しすぎだ。中学生か、僕は。昴はそんなことを考えた。これがそれなりに経験があってモテる大人の男なら、自然にお礼を言って貰うところだ。そして昴自身にしても、純粋にケーキは食べたいし、それ以上にクロエから一口貰うという偉業をなしたい気持ちもある。

よし。行くぞ。短い時間に思案を巡らし、昴は決意し覚悟を決めた。

「ありがとうございます。じゃあ、店員さんを呼んでフォークを」

もう一本貰います。と、最後まで続けることはできなかった。

「はい、どうぞ」

クロエが、ごく自然な様子で彼女自身のフォークを差し出してきたからだ。しかも、そのフォークにはすでにケーキがのっている。昴は大いに混乱した。

「がっ」

「が？」

つまりこれを食えということである。ラブコメ漫画や恋愛映画でたびたび描かれるあれ、いわゆる『あーん』というやつだ。マジかよ。

「……」

「？」

固まってしまった昴に、クロエは小首をかしげた。差し出したフォークが虚空をさまよったままでいることを不思議がっている。そして多分、手も疲れる。昴はさきほどよりもさらに一回り大きな覚悟とともにケーキを頬張った。

「どうですか?」

「お、美味しいです」

多分美味しいのだろうが、本当は味がよくわからなかった。だが、よかったですと笑うクロエの様子に安心する。そして同時に理解もした。

彼女は別に、ラブコメ的文脈で今の行動を取ったのではないのだろう。どちらかというと、お姉さんが子どもに食べさせてあげる、というようなニュアンスがあったように思う。だから特に照れやためらいがないのだ。

昴としては嬉しくもありつつ、しかしやや複雑な心境があった。クロエは年下のはずなのだが、彼女といると自分がひどく子どもに思えてくるときがある。

「ありがとうございます」

ただ、自分がそんなことを感じていることにクロエが気づくと、おそらく彼女はすまなく思うのだろう、ということくらいがわかる程度には大人なつもりだ。なので昴は顔を赤くしつつも素直にお礼を言った。

「いえいえ」

やはりクロエは、春の風のようにさらりと微笑んで答えた。

※※

カフェで一休みしたあとどうするか、ということは特に決まっていなかった。昴としては、三パターンほど候補を考えており、そのときの状況によって提案を変えるつもりだったからだ。女性と出かけるのにあまり慣れていないだけあって、前日に脳内におけるシミュレーションには余念がない昴である。

結果から言うと昴が想定していた三案はどれも実現はしなかった。逡巡するうちに提案するタイミングを逸してしまったためである。しかし、デートは一応続いていた。特に目的や狙いもなくモール内をうろうろする、という形でだ。

適当なアパレルショップや雑貨店を冷やかして、広場で行われているパフォーマンスを見物して、という過ごし方。それは大人のデートプランとしては落第点である。と、昴は何かの記事で読んだことがあったのだが、いつの間にかそんなことは気にならなくなっていた。

クロエが、本当に楽しそうにしてくれていたからだった。

「見てください。口紅だけで、こんなにたくさんの色があります……！」

コスメショップの多様なラインナップに目を丸くして、試してみてはまた驚いて。

「うぁ〜〜。すごくフワフワしてますよあの子！」

ペットのトリミングサロンでドライヤーを当てられているマルチーズに手を振って。

「これ、どうやって作るのでしょうか……？　魔法……？」

昴が横目で気にしていたホビーショップでは、フィギュアの精巧さに困惑して。

ただのモールが、まるでテーマパークのように昴には思えた。なお、クロエに手を引かれる形で入店したメンズブランドで、彼女に試着を促されたジャケットは即決で購入している。似合っていて素敵です！　という発言にはそれほど強大な力があった。

淑やかながらも足取り軽く、素朴なことを新鮮に受け止める彼女と過ごしていると、まるで周りの空気そのものが柔らかく温かくなったかのような錯覚を覚える。ときおり向けられる、『何故あんなに可憐な美人が、あんな冴えない天パ野郎と一緒にいるのだろう』という視線は若干痛いのだが、それは仕方がないと思いきる。なにしろ昴自身も同意していることだ。

　そうしているうちに、昴たちはモール三階部分から外に出て、テラスにやってきた。

　さすがに『テラスモール湘南』という名を冠するだけのことはある。青空を望む広く瀟洒なテラススペースは、木々や噴水が与える印象もあわさり、地中海のリゾートを思わせた。昴はアマルフィに行ったことはないので、あくまでイメージの上ではということではあるが。

　春の陽気と明るい日差しに包まれたテラスは、行きかう人々もどこか幸せそうで。昴は、その中に自分とクロエがいることが、じんわりと嬉しく思えた。

「あー！」

　少し離れたところにいた子どもが、声を上げたのが聞こえた。そのままクロエのほうに駆け寄ってくる。四歳くらいの年頃の女の子だ。女の子に遅れて、その祖母と思われる女性が慌ててついてくる。もちろん、祖母よりは四歳児のほうがずっと足が速い。

　女の子は、クロエの前に立ち止まった。何やら興奮した様子で、息を弾ませている。

「あら。何かしら？」

　クロエは膝を抱えるようにしてしゃがみ込み、女の子と目線の高さを合わせて笑いかけた。昴としては、そうできるクロエが少し羨ましかった。昴も子ども好きではあるのだが、昨今の社会情勢や自分の社会的立場及び風体を考慮すると、迂闊に子どもと話すと通報されるのではと心配してしまう。

「おねえちゃん、すごくきれいだね！　おひめさま？」

女の子は、前のめりな姿勢でそう尋ねた。クロエの亜麻色の髪や白い肌から、童話の登場人物を連想したらしい。幼女らしく純粋で、突拍子もない質問だった。

「あ、ありがとう。ん－……。お姫様、かぁ……」

クロエは少し困ったようにはにかんだ。どう答えれば少女の夢を壊さないで済むか、思案しているように見えた。

「このひとは、おつきのひと？」

幼女の次の質問に、昴は吹き出してしまった。どうやら自分は、お姫様と一緒にいても王子様には見えないらしい。

クロエが回答に迷っていることもあり、昴は一度咳ばらいをしてから膝に手をついてかがんだ。それから、やや芝居がかった口調で答える。クロエが一緒にいる今この状況であれば、子どもと会話をしても大丈夫だろう。

「よくわかったね。この人はお姫様で、僕は従者なんだよ。でも秘密にしてくれる？」

昴の言葉に、女の子は目をきらきらと輝かせた。こくこく、と頷き、クロエのほうを見つめている。

「うん！　わかった。ひみつひみつ！」

そんな様子に、クロエは苦笑した。一度昴のほうを見て、『もう』と声にならない声を上げる。それから、改めて女の子に微笑みかけた。人差し指を口元に当て、秘密だよと語りかけている。

「りんちゃん、急に走ったらおばあちゃんびっくりするよ」

遅れて、女の子の、どうやら『りんちゃん』というらしい彼女の祖母が駆け付けた。焦ったように額に汗をかいているが、その表情は優しく穏やかで、孫への愛情を感じさせる。

「ごめんなさいねぇ」

祖母は、昴たちに頭を下げげつつ、りんちゃんと手を繋いだ。

「ばーばー、このひとおひめさまなんだって！」

りんちゃんは秒で秘密をばらした。幼児というのは、たいていはそういうものであると知っている昴は吹き出し、クロエは顔を紅潮させて硬直した。

「おや、そうなんだね。だから綺麗なんだねぇ」

祖母は慣れたものである。はしゃぐりんちゃんに笑いかけつつ、クロエに目配せをしてみせた。

「じゃあ、お姫様と王子様にバイバイしようね」

「ちがうよ。このひとはおつきのひとだよ」

「こんにちはお付きの人です」

そんな会話をしてから、手を振るりんちゃんと頭を下げる祖母は向こうに歩いていった。昴とクロエも手を振る。離れていくりんちゃんは、祖母と繋いだ手を楽しそうに揺らしていた。

「ばいばい！」

りんちゃんが振り返ってもう一度手を振ったので、昴とクロエもそれに応えた。

「ばいばい」

「ご、ごきげんよう……？」

クロエは『お姫様』を意識してのことか、手の振り方や言葉遣いもそれっぽくしていて、昴は少しだけ笑ってしまう。

「……スバルさん……？」

そんな昴に向けられたクロエの視線は、過去最大にジトッとしていた。

「ご、ごめんなさい。つい」

「いいですけど」

ふう、と息をつくクロエ。本気で気分を害していたわけではないらしく、その表情は柔らかい。去っていくりんちゃんと祖母の後ろ姿を見つめる瞳は優しく、眩しそうにも見えた。

「素敵ですね」

ぽつり、とクロエが呟く。それは、無意識にこぼしてしまった言葉という印象を受けた。

「素敵？」

「あ……。はい。なんだか、ああいうおばあちゃんっていいなぁ、って思って」

クロエはふわりと微笑み、数歩だけ歩いて、テラスの際にある柵に上体を預けてもたれた。遠くに向けた視線が何を見ているのか、わからない。それに、今のやりとりを受けて、おばあさんのほうが印象に残るというのは意外な気がした。

不思議な笑顔だった。寂しげで、儚げで。その微笑みに自嘲や諦念のニュアンスを感じたのは、昴の気のせいだろうか。

昴はクロエに並ぶようにして柵に背中を預け、彼女の次の言葉を待った。

「あのおばあちゃんって、何歳くらいなのかしら」

「さぁ……。六十歳くらいじゃないですかね？」

正直に言えば、昴はある程度以上年上の人間の年齢を見分けることが苦手だ。テレビでやっている健康食品のCMなんかで、若々しさを保っているという八十歳の女性が出てきたりするが、昴にはその女性が実際より若く見えるのかどうかよくわからない。

そんな昴の適当な答えにクロエは苦笑した。もう、仕方ない人ですね、そういう表情だ。

「クロエさんはおばあちゃんっ子だったりしたんですか？」

なんとなくいたたまれなくて、昴は慌てて話題を展開した。が、クロエはふるふると首を横に振る。

「祖母は、私が物心つく前に亡くなってしまいましたから」

「そ、そうですか……。すみません」

「いえ。本当に昔のことですし。んー。そういうんじゃなくて、私、おばあちゃんになりたいな、って子どものときに思ったの。子どもや孫がほしい、ってことじゃないんです。ただ、素敵なおばあちゃんに憧れて」

謝罪する昴に気を使ってか、クロエは自分のことを話してくれるようだった。考えてみれば、彼女の個人的な話を聞くのは、それも過去についての話というのはとても珍しい。

「おばあちゃんになりたい、ですか？」

それも意外というか、子どもの夢にしては変わっているように思えた。子や孫がほしいとかではなく、おばあちゃんになりたいというのはどういう意味なのだろう。年を取りたいということだろうか。

「変でしょうか？」

そんな昴の内心は、クロエにはバレバレだったようだ。どうも自分は感情が表に出やすく、クロエは他人の感情を読み取るのが得意らしい。

「変わってるなー、とは思いました。けど悪いことじゃないと思いますし……」

しどろもどろになる昴に、クロエはくすりと笑った。それも、子どもに対するときの表情に見える。

柵にもたれた彼女は俯くようにして階下に視線を向けると、一言一言を紡ぎだすようにして、話し始めた。

「子どものころ、急に怖くなったことがあるんです。いつか私も死んじゃうってことを考えて、考えても仕方がないことなのに頭から離れなくて。楽しいことがあっても、美味しいものを食べても、いつかは死んじゃって、何もかもなくなっちゃうのかなって。世界のどこからもいなくなって、何かを思う心も消えちゃう。それがすごく怖くて、寂しくて」

昴は、頷いて答えた。そうするしかできなかったのだが、彼女の気持ちはわかる。昴にも似たような経験があった。もしかしたら多くの人間が一度は経験することなのかもしれないが、昴の場合は父親の死がきっかけだったこともあり、人より強く印象に残っている記憶だと思う。

そしてクロエの話す口調も、単なる昔話にしては強く重い感情が宿っているように思えた。

「でね」

クロエが顔を上げた。昔を懐かしむその深く碧い瞳に、吸い込まれそうになる。

「私の住んでいた村に、とても長生きした方がいました。その方には子どもや孫はいませんでしたけど、村のみんなに親切で、子どもたちを可愛がっていて。そんなおばあさんだから、みんなからも好かれていていつも幸せそうに見えました」

たしか、クロエの出身はイングランドと話していた。そこはおそらく結構な田舎なのだろう。昴はまるで童話のような世界観をイメージした。そこに描かれるおばあさん像もまた、童話に出てくるような優しそうな人物として再生される。

「私は、あるときそのおばあさんと死についてお話をしました。私は死んでしまうのが怖いよ、おばあさんは怖くないの？　って」

昴のイメージに、まだ幼いクロエの姿が追加される。暖炉の近くとかで編み物をしているおばあさんに、亜麻色の髪の少女が尋ねる、そんな様子だった。

「おばあさんは答えました。『少しは怖いよ。でも、私が愛した人たちが、あなたたちがこの世界に残るんだから、すごく怖くはないよ』って」

風が吹き、大人になった女性は自身の亜麻色の髪を押さえた。

「それからしばらくして、おばあさんは亡くなりました。でも、亡くなったときのお顔はすごく安らかでした」

碧い目を閉じたクロエは、きっと心の中にその女性の表情を思い描いているのだろうと思えた。子どものころの記憶を、きっと鮮明に。

昴は小さく相槌を打ち、彼女が続きを話すのを待った。

「そのとき思ったんです。たしかにみんな死んでしまうけど、あの人みたいにそこに愛を残していけるのなら、死んじゃっても寂しくないのかもしれないな、って」

ああ、と昴はもう一度頷いた。想像するだけでも一人孤独に死ぬのとはだいぶ違う気がする。

「死ぬときに一人じゃないから寂しくないってことじゃなくて……。えーっと……。

そう、自分が死んじゃっても、愛しあっていた人たちがこの世界には生きていて、その人たちの中に思いを残せていけたらいいなって思えたんです。小さな幸せが、ずっとずっと続いていって、私もその一部になれるなら、幸せかもしれないなって」

ああ。昴はクロエの言葉を聞いて、さきほどより深く頷いた。正直に言えば、昴は今クロエが話したようなことを考えたことはない。今の話も童話のようなあまりリアリティのない世界を想像してしまった。

だが彼女が言わんとしていることはわかる。

個としての自分が消えたあとに、残るもの。それを人との繋がりや愛に見出すのは、きっと尊いことだ。

子や孫が残るから、という生物としての考え方とは違う。血縁関係を超えて繋がっていく何かを重んじる、人ならではの気持ち。いつかクロエが話してくれた夢は、こうした想いによるものなのだろう。

個としての自分が消えたあとに、残るもの。昴は、クロエとは異なることにそれを見出したと思っている。かつてクロエと同じく死について考え、恐れたときのことだ。

同じことを考えても、違う答えを出す。それは違う人間だから。そんな当たり前のことを実感して、でもその違いをイヤだとは思わなかった。

　これまでどこか謎めいていて遠くも感じられていたクロエに、少しだけ近づけた気がする。自分のことを話してくれた彼女が、歩み寄ってくれた気がする。

「ありがとうございます」

　気が付けば、昴はぽつりとそう口に出していた。クロエは目を丸くして、昴のほうに向きなおった。昴のほうも自分の発言に驚いてしまう。会話の流れとしておかしい。

「？　なんでスバルさんがお礼をされるのですか？」

「あ、いや、その……、なんていうか」

　昴は自分の左肩のあたりを右手で掻きつつ、しばらく迷ってから答えた。迷ったのは、お礼を言った理由がわからなかったからではない。それを彼女に伝えて大丈夫か、ということだ。だが、昴なりに勇気を出した。

「クロエさんが自分の思い出や考えを僕に話してくれたことが嬉しかったから……です」

　耳が熱い。多分、交感神経系の作用で顔面に走る血管がアデニル酸シクラーゼに反応し血流が増している。つまり赤面しているのだろうと思われた。

「……それは、あの……」

　クロエは何かを言いかけて、黙ってしまった。しかし、彼女の交感神経系も作用しているのだろうと思われた。ほんのわずかだけだが、陶器のような白い肌が薔薇のように染まる様子は、わかりやすい。

二人して押し黙り、俯き、昴のほうは落ち着きなく視線が泳いだ。その状態が気まずくて、昴はまるで弁解するように口を開いた。

「僕も昔、似たようなことを考えたことがあります。みんな死んじゃうって考えると、なんか泣きたくなって」

それは、昴が今の昴になった理由の一つ。あまり人に話したことはなかったが、こうして口をついてしまえば、伝えたくなっている自分に気が付いた。それはきっと、クロエだから。クロエが誠実な眼差しを向けてくれているから。

「はい。スバルさんはどういうことを考えたんですか？」

ただ、そうまっすぐな目で見つめられると話しづらくもあった。昴は鼻の下あたりをこすり、恥ずかしさを覚えながら、どう話すか考えた。脚色して格好をつけることはできる気がしたが、そうはしたくなくて。

昴は柵にもたれて空を見上げた。もしかしたら今その視線の先にあるかもしれないものが、昴にとっての『おばあちゃん』だから。

「ハッブル宇宙望遠鏡って知ってますか？」

　昴の質問にクロエは意表を突かれたのか、数秒の沈黙があった。その間、彼女は必死に記憶をたどっていたのかもしれない。

「ええっと、名前くらいは聞いたことがあるかしら……と、思います」

　ややあって、クロエはそう口にした。こめかみに手を当てて、難しい表情をしているのが可愛らしい。

　少し申し訳ない。自分の悪い癖だ。昴はそう自覚し、なるべく簡単に話すよう努めた。

「ですよね。すみません。……ハッブル宇宙望遠鏡は、宇宙空間から天体を観測できる望遠鏡です。地上からでは難しい精度での天体観測ができます。それで、ハッブルっていうのは、天文学者の名前なんです。小学生のとき、父親から貰った本を読んで知りました。当時の僕からすれば、大昔に死んじゃった人です」

　クロエは時々頷きつつ、興味深そうに聞いてくれている。昴は、慎重に話の続きを整理した。今の昴の知識でハッブルの功績を、つまりはフリードマンが導き出した宇宙モデルの実証や、さらにその元となるアインシュタインの方程式について説明しても間違いなく難解な話になる。

「ハッブルは、えーっと、天文学の世界で偉大な功績を残した人です。でも彼の功績は、彼より前の時代の人の発見や考えが元となっています。そして、その元になった人の発見も、たどればさらに昔の人の功績の上にあります。そういうことがずっと、ずっと積み上げられてきたから、ハッブル宇宙望遠鏡は地球から打ち上げられました」

大丈夫かな、とクロエのほうをちらりと見る昴。こちらを見上げる彼女の碧い瞳は、眩しそうに細くなっていた。

「天文学の歴史を最初まで遡れば、太陽や星々の観測から農耕に必要な暦を作成したことに行きつきます。大袈裟(おおげさ)かもしれませんが、小学生の僕には天文学の歩みが、人類の歴史そのものみたいに思えました」

そして、大人になった今ではもっと強くそう思っている。だから、こうして真面目に話すのは照れくさい。やたらと大仰で、人によっては嗤(わら)われるような話だ。

クロエは、昴の隣に並び、同じく空を見上げてくれた。

「スバルさんの仰っていること、わかります。今まであまり考えたことがなかったけれど、その通りだと感じました。それになんだかロマンティックですね」

最後のほうで、クロエは笑った。嗤うのとは、違う。

「ロマンティックですか。そうですね、多分、学者ってロマンティストなんだと思います」

昴も小さく苦笑した。彼女に伝わったことが、嬉しい。

「で、僕は思ったんです。ガリレオもハッブルもホーキング博士ももう死んじゃったけど、彼らが残したものは……知は、後の時代の人に受け継がれているから。人は死んでも何もかもがなくなるわけじゃないんだなって」

ずいぶん遠回りというか長い話になってしまったが、昴が言いたいのはおよそそういうことだ。何かを後世に残せる人もいて、だから人の命はむなしいばかりではない。

「そうした思いから、スバルさんは天文学者になられたのですね」

両の手のひらを合わせて、慈しむかのような声でそう尋ねるクロエの瞳。どこか憧憬のニュアンスのある彼女の言葉は今の昴には面映ゆかった。話したことに嘘はないが、今の昴にはとてもその通りですとは答えられそうにない。研究者としての道のりの険しさや、その麓を歩んできた自分の至らなさを知っている今では、そう無邪気ではいられない。あくまでハッブルたちは特別な人だ。

職人として天体望遠鏡を作り続けた父親は亡くなり、町工場も潰れた。あれほど懸命に仕事をしていた父が作った望遠鏡は今はもう昴の手元にあるものしか残っていないし、それももはや最先端の実用に耐えるものではない。

父も自分も普通の人で、ハッブルとは違う。時の流れの中に消えていく存在だ。

だが、昴はそれについて話すことはできなかった。話すべきか迷っているうちに二人のいるテラスの、すぐ近くの場所で歓声が上がったからだ。

「なんだろ？」

見れば、何やら楽器を持った数人が即席のステージ演奏の準備を始めていた。テラスで行われるパフォーマンスらしい。今からしばらく仮設のコンサートホールとなるここでは、昴のボソボソした声は通りそうもなかった。だが、それはそれで構わない。というか、実は心のどこかで安心もしていた。中断になってよかった。口走りかけたことは、やっぱり少しは情けないことだと自覚しているから。中断になってよかった。

それに。

「面白そうですね」

準備中のパフォーマンスについて、昴は本当にそう思った。演奏者たちが手にしている楽器は、空のコンビーフ缶とモップを組み合わせて弦を張ったギターのようなものや、粗大ごみにしか見えないもので構成されたドラムセット。普通は捨てるようなもので行うコンサート、というのがテーマらしい。

「ですね」

ちょうど演奏が始まり、独特の音が鳴り始める。それを聴いたクロエも昴の意見に同意してくれた。しばらく演奏の観客になるのも悪くない。昴は、クロエと並んで柵に背中を預け、演奏に耳を傾けた。意外にも歌詞はラブソングのそれだった。

肩越しの彼女との距離が今までよりも近い。手と手が触れ合ってしまいそうなほどすぐそこだ。彼女の思い出を聞いたこと、自分の考えを話したことで、物理的なこと以上に、彼女が近くに思えた。

昴は自身の鼓動が高鳴っていることを自覚した。テラスに満ちる音楽のリズムと共鳴するように、とくんとくんと脈を打つ。

勇気を出せば、ほんの少し手を動かせば、クロエと手を繋ぐことができる距離。指先がプルプルと震えて、口の中が乾く。

こっそりと視線を向けると、クロエはやっぱり楽しそうな表情でステージを見ていた。優美な大人のような、無邪気な子どものようなその姿は、迂闊に触れることを躊躇（ためら）わせた。あと数センチの距離が、まるで崖を挟んだ向こう岸のようだ。

曲がサビに入った。長く報われない想いの寂しさと、それでも焦がれる切なさが歌いあげられていく。

昴の指先に、柔らかな体温が触れた。意を決してそうしたわけじゃない。ほんの少し、手の位置を変えただけ。そしてそれはクロエのほうも同じなのだろう。結果として、二人の指先が触れ合い、重なった。

すぐに離れることもできた。そのほうが適切だろうとも思った。だけど。

「あ……」

昴は、わずかに触れた指先をそっと握り、それに気が付いたクロエは小さく声を上げた。

彼女の手を、握っていた。昴は半ば無意識の行動だったように思う。まるで、何かに導かれるように、自然に。

ただ、内心では嵐が吹き荒れている。やってしまったぞ僕は、という後悔なのか快哉なのかもわからない叫びが、心の中だけでこだましていた。

クロエの手は滑らかで、細くて、ほのかに温かい。一方、昴はきっと手汗をかいている。

どうしよう、と昴は思った。いきなりぱっと手を離すのもわざとらしいというか、だったら最初からやるなという話だ。とはいえ、今この状態で何も言わないのもおかしいのではないだろうか。ああ、僕はたかが手を繋ぐぐらいのことで何をこんなに慌てふためいているんだ。これじゃ中学生だ。いや中学生のときに女の子と手を繋いだことなんてなかったから今それが起きているのは仕方がないことなのだろうか。

内側でのパニックを制御すべく、昴は澄ました顔のままで散らかった思考を一瞬のうちに展開させていたが、突如それも中断した。

きゅっ。昴の右手にかすかな、だけどたしかな感触があった。握っていた手にクロエからの握力を感じる。いや、今は手を握ってはいない。繋いでいる。クロエが、昴の手に応じていたのだ。

「……え」

驚きから、昴は右側に顔を向けた。

クロエのすらりと伸びた腕の先にある手が、自分の手と重なっていた。

驚いたような、照れたような彼女の横顔。繋いでいないほうの手で髪を耳にかける仕草。

昴はついさっき、この状態で何も言わないのもおかしいのではないかと思ったが、それは間違いだった。いかにも理屈っぽいくせに経験の少ない自分らしい間違いだ。

指先が触れ合ってから、手を繋ぐまでの間はわずか数秒。そしてこれから先の時間。あえて、何かを話す必要はきっとない。

手を、繋いでますね。

そうですね。びっくりしました。

しばらくこのままでいたいです。

そうしましょうか。

いい曲ですね。

そうですね。

暖かいですね。

春ですから。

声にしなくても伝わるような、どちらがどちらの言葉かもわからないような、実際には発していないやりとり。それが巡る気がした。

休日のショッピングモール、そのテラスで行われている屋外ステージ、そこにいる男女が手を繋いでいる。きっと日本中に腐るほどあり、ありきたりで、お金もかかっておらず、少しも特別じゃない状況。それが、こんなにも輝いている。

昴は改めてステージに目を向ける前に、クロエの横顔をもう一度だけ見た。

クロエの瞳は潤んでいた。幸せそうなのに、涙ぐんでいるように思えた。昴はそんな彼女の様子は、自分と同じ感情によるものなのだろうと理解した。

あとから考えれば、それは全くの間違いだったわけだが。

※※

「人生は素晴らしいな、薩摩」

帰宅した昴は、当番制なのに忘れていた窓拭きをしつつ、愛すべきルームメイトに語りかけていた。おおむね、今日の顚末（てんまつ）についてである。

「恋愛の成就可能性が高まったことでそれほどの高揚状態を得られるキミの精神の在り方そのものが素晴らしいね」

ソファに腰かけている薩摩は、学生から提出されたレポートの採点をしつつそう答えた。

「今の僕に皮肉はきかないぞ。無敵だ」

「皮肉？　どこに皮肉があったんだい」

薩摩の本心が嫌味な皮肉に聞こえるのはいつものことだが、それが全く気にならないのは常ならぬことである。昴は鼻歌を歌いつつ、窓を拭いた雑巾をバケツに絞った。

次はベランダに出て、外側から拭こう。

　春先とはいえ夜のベランダはまだ冷える。濡れた雑巾が冷たい。本当ならこういう家事は昼間にやりたいのだが、忘れていた自分が悪いのだから仕方がない。そして薩摩がこれ以上の遅延を許さない。

　ひやりとした夜の空気の下、黙々と窓を拭く。やはり寒いのだが、さほど辛くは感じなかった。窓ガラスを拭き終わり、ついでにベランダに設置してある天体望遠鏡を磨き始める。

　きゅっ、きゅっ、という布の音が静かな夜にやたらと響いた。今夜は曇っていてあまり星が見えないが、満天の星の下にいる気分がする。昴は、次にクロエと会うときのことを考えた。ベーカリーで顔を見たり、近所ですれ違ったりということではなく、会おうとして会うときの話だ。

　これまでの自分の接し方や、今日を一緒に過ごしたことで、気持ちは伝わったかのように思う。だから、今度彼女と会うときはある意味では確認のときだ。最初に『付き合う』を勘違いされたときとは異なり、ちゃんと好意を伝えなくてはならない。いや、伝えたいと思う。もちろんそれは怖い。

　いわゆる、告白というものになるのだろうか。自慢ではないが、本当に自慢ではないが、昴がそれをしたことは数少ないし、まして成功したことなど一度もない。一体どのようにすればいいのだろうか。ある程度ロマンティックなシチュエーションのほうがいいのだろうか。

「……うーむ」

天体望遠鏡を拭き清めつつ、唸る。唸ったのは思いつかなかったからではない、逆だ。頭に、パッと浮かんだ。その状況はあまりにも綺麗で、それっぽく、ドラマのようでもある。そして昴ではない他の人には作りがたい状況でもある。その場面にいるクロエは絵になるが、自分の姿はサマにならない。キザすぎて照れてしまう。恥ずかしい。しかし一方で、いいかもしれないと思い始めている。

「……もう少し、考えるか」

昴はぽつりとそう呟いた。どうせ自分のことだから、実際に告白すべく彼女を誘う勇気はなかなか出てこないであろう。それまでに彼女とも会うであろう。研究と同じだ。頭に常に置いておいて、アップグレードしていこう。昴はそう考え、天体望遠鏡を拭く作業を終えた。

今夜は他に、考えたいこともある。

「さて薩摩、今日出がけに話してたことだけど、詳しく聞かせてくれよ」

室内に戻った昴は薩摩に声をかけた。午前中に聞いた話では、昴が着想した観測提案のアイディアについて、薩摩が何か思うところがあるらしい。

「ああ。その話か。いいだろう昴。そこに座りたまえ」

レポートの採点が終わった薩摩に着席を促される。薩摩は、自分の分のホワイトボードをガラガラと移動させ、マーカーを手にした。彼のホワイトボードが綺麗に消えていたのは、このためだったようだ。

「いいかい。発想は悪くはないと思う。しかしシミュレーションがやや甘い。例えばここ」

「ふんふん」

薩摩はマシンのような正確さで数式を書き記していき、昴は彼の説明に耳を傾け、ときに口を挟んだ。

「ここの数値の最低予測がこうだとすると」

「いや待てよ薩摩。そこはもう少し高く見てもいいだろ。貸してくれ」

互いにマーカーを奪い合うようにして、ホワイトボードに式やキーワードを書き出していく。こうなると、FPSやボードゲームをしているとき同様に時間を忘れてしまう。小学生のときに、小学生にしてはレベルの高い数学の問題を一緒に解いたときも、こんな風に話したことがあった気がした。大昔の話だ。

　室内はマーカーがホワイトボードの上をすべる音と、猛烈な勢いで説明する薩摩の声、ぽつぽつと応える昴の声だけがしばし響き続けた。

「このくらいにしておこう。ボクはそろそろ就寝準備の時間だ」

　が、薩摩の体内時計はいつでも厳密である。時計を見ると、たしかにいつもの就寝時間が迫っていた。ただ、必要な部分については聞けたし、ディスカッションができたように思う。薩摩はあくまで数学者であるため天文学的な知見とは異なる部分があるが、それだけに別角度の鋭さがある。これは聞けてよかった。今からまとめて、明日大学に出勤したらプロジェクトの責任者である中村教授に共有しよう。

「ありがとう。なかなか参考になった。もう少し煮詰めてみる」

「そうするといい。では、おやす……ちょっと待った昴。キミに確認することがあった」

「ん？　なんだよ」

　薩摩はこのあと、シャワーを浴び、顔にパックをしながらストレッチをし、漫画を一冊読んだあと就寝するルーチンのはずだ。もう二分の猶予もないはずである。

「たいしたことじゃない。キミの講義だが、受講している学生の数はどれくらいなんだ？」

「は？　あー……。教養科目で大講義室だから、五十人くらいかな。あんまり出席取ってないから実際に出てる学生はもっと少ないと思うけど」

「学外の聴講生もいるかい」

妙なことを聞く。昴は首を捻った。昴や薩摩の勤務する湘南文化大学は、東京都内の有名大学と比して、それほどセキュリティが厳格ではない。学外の人間も普通にキャンパスに出入りできるし、大講義室で大人数が受講する教養科目の講義などはその気になればいくらでも聴講できるだろう。しかし、単位を取る必要があるわけではない学外の人間がわざわざ昴の講義を聴きに来るかは大いに疑問だ。

「さあ……？　あまり考えたことないな。学生全員の顔を覚えてるわけじゃないけど、知らない顔を見ることもないし、多分いないんじゃないか？」

曖昧な答え方だが、そうとしか言いようがない。薩摩は昴の返答に対して、ふうん、と口にする。実に興味のなさそうな反応であり、質問の意図が全くわからない。

「なんだよ」

「いや別に。ボクは頼まれたから聞いただけだ」

「誰に？」

「秘密だそうだ」

「？　まあ、別にいいけど……」

「ではボクはシャワーを浴びてくる。おやすみ」

薩摩の言動は不可解だが、薩摩の言動が不可解なのはいつものことなので、昴はあまり深く気にしないことにした。

※※

講義の前に研究室に寄った昴は、プロジェクトの責任者であり自身の上役でもある天文学部長の中村教授に対して、これまでの進捗の報告を済ませた。過去のデータの分析と、それに基づく観測提案の方針、論文の方針に今後の予定。

こうして報告していると、自分でもこれまでとは違った手ごたえがあることに改めて気づく。仮説、論拠、作成した資料の数値、いずれも少しは自信を持って提示できた、と思う。とりわけ、観測提案については、いつどこの天文台でどのように観測するか、というところまである程度しぼりこめていて、それは新しさもある。

「あー……」

が、それが第三者、とりわけ格上の天文学者にどう受け取られるかということは別問題かもしれない。昴の報告を聞き終えた中村教授は、目を閉じ、顎髭に手を当てて唸ると、何やら黙り込んだ。

「あの……」

やや不安になり、昴はそう声をかけたが、中村教授はそれを手で制し、依然として考え込んでいる。なお彼は学生たちから評判の強面であり、六十近い年齢のわりに長身で、長髪で、眼光が鋭く、言葉遣いも荒い。学者というよりは熟練ロックミュージシャンのような印象を与える人物だ。そんな中村教授だが、宇宙論に関する論文が高く評価されており、天文学の世界では国内有数の研究者でもある。もちろん昴も尊敬している。

ゆえにその沈黙は昴にプレッシャーを与えた。

たっぷり一分近く考え込んでから、中村教授はようやく目を開けた。

「なかなかいいんじゃねぇか？　面白ぇ」

ニヤリと笑いながら口にした評価は、昴が彼から受けたものとしては過去最上のものであった。一瞬、何を言われたのかわからなかったくらいだ。

「ほ、ホントですか？」

「ああ。この線で進めていけ。提案書の叩き台ができたら見せろ。期限には間に合わせろよ。俺たちの観測提案は基本お前の線で行く。通すぞ」

「ありがとうございます！」

昴はほぼ反射的に、深々と頭を下げた。じんわりと、嬉しさが体中を駆け巡っていく。血液の温度が上がった気がして、心地よい痺れが胸の奥に走る。無意識に、太ももの横にある拳を強く握りしめてもいた。

「おう。ようやく一皮むけたじゃねぇか」

中村教授は面倒見がよく情に厚いところがあるが、それとは別に学問に対しては率直で厳しい。昴はこれまでつまらねぇとか普通だなとか、そうした声をかけられることが多かった。そして悔しいがその通りだと自覚もしていた。それだけに、今の言葉は特別だ。

観測屋の天文学者として、遠方の銀河を探すプロジェクトチームの一員として、停滞していた自分が、一歩前に進めた感覚。それは間違ってはいなかった。

もちろん、先は長い。観測提案を作り、それが採用され、観測が上手くいき、必要なデータが取れて、分析も上手くいって、それでようやく最果ての銀河に少しだけ近づける。そんな途方もない話。だが、近づけたのは間違いない。博士論文を書き上げたときですら曖昧だった学者としての手ごたえみたいなものを感じる。

嬉しい。ちょっとびっくりするくらい嬉しい。最高の気分だ。

「ニヤついてるところ悪いが冬乃、お前そろそろ講義だろ。さっさと行け」

「……あ、そうですね。じゃあ、またあとで」

昴はもう一度頭を下げ、研究室のドアに手をかけた、ところで再度中村教授に呼び止められる。

「ああ、忘れてた。ちょっと待て」

「はい？」

「お前の講義、最近ちょっと評判よくなってきたみたいだぜ」

「え？　……そうなんですか？」

それは本当に初耳な情報だった。言われてみれば、以前よりも寝ている学生が減ったように思う。昂にはあまり教育者という自覚はないし、その方向での評価には貪欲ではないのだが、天文学の面白さを伝えたい気持ちはある。なので、講義の評判が上がったのならなによりだ。しかし何故だろうとも思う。自分としては特に話す内容が変わった気はしていない。

「前が悪すぎたからな。でよ」

「はぁ」

「今日はカリキュラム脱線して喋ってみろよ」

「何をですか？」

「どうせいつもは初歩の内容を小難しく話してんだろ。だったらいっそ、今お前がやってる研究内容を伝えてみろ」

「それは無理があるんじゃ……。教養科目だし、受講してるのは一年生とかですよ」

「わかりやすくだよ。今ならそんくらいできるだろ」

「いやー……」

「さっさと行けー」

中村教授は、すでに自身のＰＣを立ち上げ何かの作業を始めていた。多分、論文だろう。すでにそちらに没頭しており、昴には視線を向けず手を振っていた。そう言われれば、従うしかない。

昴は研究室をあとにして講義室に向かった。廊下を歩き、エレベーターに乗り、研究室棟を出てキャンパスへ、そこから共通教育棟に。その間、脱線で話す内容を検討しつつ、である。意外なことに、歩きながら考えたその内容はあっさりと脳内でまとまった。

昨夜考えた、恥ずかしいくらいロマンティックな告白のシチュエーションという名の妄想もそうだが、最近の自分は冴えているのかもしれない。

※※

クロエは緊張していた。今しようとしているのは、記憶しているそこそこ長い年月において、初めての経験だったからだ。いや、厳密に言えば同じ呼称で呼ばれる場所には来たことがあるが、当時のそこと今いるここでは、何もかもが違っている。

「あー、眠ぃ。やっぱサボればよかったわ」

「それな」

「けど、あの天パ先生、たまに出席取るしな。それに、最近はわりと面白い話するときあるから我慢しろよ」

クロエの周囲の席についた学生たちが、そんな話をしていた。まだ『天パ先生』は講義室に来ていないとはいえ、なかなかに言いたい放題である。学究の徒である若き彼らの様子も、クロエが知っている過去の人々とは全然違う。

「あれ?」

「……おい、見てみ」

びくん。クロエの背中が震えた。どこかから発せられた声のためだ。

「めちゃレベル高くない？」

「すご。留学生とかかな」

周囲のひそひそ声が聞こえてくる。どうもクロエのことが話題になっているらしい。

キャスケットを被って髪色を隠し、店長に見立ててもらった大学生らしい服を着て、隅っこの席で俯いているのだが、それでも外国人の自分は目立つのだろうか。そして学生でも何でもないのに講義室に入り込んでいることを悟られているのだろうか。

店長に伺ったお話では、聴講という形で外部の人が講義を受けることに寛容ということだったけれど、実はそうでもなく、私は当局に突き出されてしまうのかしら。

困ったわ。どうしましょう。クロエは冷や汗をかき、顔が紅潮していくのを感じた。

もうすぐ彼もここに来るのだろうし、やっぱり気づかれてしまうかもしれない。ここは立ち去ったほうがいいのでは。

クロエはそう思いつつも、膝に置いた手をキュッと握り、席を立つことはしなかった。今日ここに来たのには目的があるのだ。

このままではよくない。昨日改めて、はっきり、そう思った。だから、彼に話さなくてはいけない。きっと傷つけてしまう。だから、その前に確かめたかった。普段の彼がどんな人なのか。そのうえで、どういう風に話せばいいか決めたかった。

私なんかがいなくなってもきっと平気で、仕事や研究にも支障はない人であってほしい。そう思いたかった。だから、ここに来ている。そのはずだ。だと、いうのに。

「おはようございます」

来た。講義室のドアを開けて入ってきた彼が、歩みを進めていく。一部の学生たちからの気が抜けた挨拶の言葉に律儀に応えつつ、彼は、つまりスバルは教壇に立った。

講義室の雰囲気が、ほんの少しだけ変わった。全体的には弛緩した様子のままだが、一部ではわずかな緊張と敬意がみられる。

あんなに純粋な瞳で星を見る人は、どんな講義をするんだろう。

クロエは、自分がそう思ったことに気づいた。そして、決してよくないことなのに、胸躍るような期待感がある。

いけない。私は、そんなつもりで来たわけではない。

スバルは講義の導入らしき挨拶や連絡事項を伝え始めている。どこか、緊張しているようにも見える。そしてその緊張を悟られないように、大人の、教員として努めているようにも見える。どうやら、まだクロエには気が付いていないようだった。

「えーっと、今日は、ちょっとカリキュラムからは外れた話をします。テストには出しませんし、レポートも求めないので、なんとなく聞いてください」

　一通りの連絡事項を話し終えたスバルはそう前置きをしてから、こう尋ねた。

「皆さんは、宇宙人っていると思いますか？」

　突拍子もない質問。学生たちはそう思ったのか、反応に困っているように見えた。ざわざわ、と講義室中で声が上がる。宇宙人、という概念については一応クロエも知っている。昔、アメリカの小説で読んだことがある。つまり、私たちの住むこの大地ではなく、天に広がる星々の世界の住人、ということだ。

「センセーはいると思うんですかー？」

　ある学生が、スバルにそう尋ねた。スバルは、自身の右肩を左手で掻くそぶりをしている。あれは、彼が何かを考えるときにする癖なのだと、クロエは知っていた。

「えーっと、僕の考えについては、今日の講義の最後に話しますね。まずは皆さんのご意見を聞きたいです。いると思う方、どのくらいいますか？」

　講義室の中の一部が挙手をした。

「なるほど。じゃあ、いないと思う人ー？」

　講義室の半分くらいが、挙手をした。スバルは、その様子に頷いている。クロエには、そんな彼がどこか悪戯っぽい表情をしているように見えた。まるで少年のように、ワクワクしている。彼は時々、そういう顔を見せる。

「では、講義を始めますね。あー……。まずは地球ってありますよね。僕たちの住む、ここです。この地球の住所についての話です」

住所？　クロエが思ったのと同じ疑問を、前のほうに座っていた男子学生が口にした。スバルはそれを拾い、答える。

「はい。住所です。なんか、今日、みんなが聞いてくれて嬉しいな……。あ、すみません。住所です。例えばこの大学は、神奈川県藤沢市～、みたいな感じですよね。こういう感じで、地球の住所を表現すると、こうなります」

ホワイトボードに、スバルが文字を記した。

ラニアケア超銀河団、おとめ座銀河団、局所銀河群、銀河系、太陽系、地球。

「もし、将来皆さんが宇宙のどこかで出会った誰かに住所を聞かれたら、こう言ってください」

スバルはジョークのようにそう言ったが、学生たちは笑わなかった。そのため、スバルは決まりが悪そうに頬を掻いた。ただ、学生たちは興味を持っていないわけではなさそうだった。ただ、戸惑い交じりに話の続きを待っている。そしてそれはクロエも同じだ。

聞いたこともない言葉が色々ある。クロエは頰に手を当てて首を傾けた。他の学生たちも、似たような仕草をしている。

「地球は太陽系に存在します。で、太陽系の大きさは、ですね。多分、皆さんが思っているより大きいです」

スバルの講義が転がりだした。

聞いているうちに、ざわめきが広がっていくのがわかる。クロエにしてもそうだ。本当に、そんなに巨大なものがこの世界にあるのか、という恐れにも似た驚きがある。

私たちの住むこの地球の大きさは、クロエのイメージとそう遠くはない。だが太陽系というのは、もはや想像がつかないほどの大きさだ。

だが、スバルの講義は始まったばかりである。スバルは次にホワイトボードに点を打ち、そこが太陽系だと言った。その点を巻き込むように渦を書く。その渦が、銀河系というものらしい。直径は約十万光年。地球を一秒で七周半回るほどの速さでも端から端まで、十万年もかかる距離。この銀河系の形や成り立ちが判明した流れや理屈もあわせて、解説されていく。

次はその銀河系がまた点として記される。点の周りに、いくつも点が記される。そのすべてが銀河であり、こうした銀河が無数に集まったものを局所銀河群と呼ぶのだそうだ。この局所銀河群は、クロエたちのいる銀河系から近いのだそうで、観測によってその歴史を探る学問、銀河考古学という分野があるのだとスバルは言った。銀河考古学の最近の考え方のさわりを聞くころには、クロエはぽかんと口を開けてしまっていた。他の学生たちも、ほとんどの者が感嘆の声とともにただ聞き入っている。

「で、この局所銀河群は、さらに多くの銀河群が集まった銀河団に属しています。地球の属する局所銀河群は、おとめ座銀河団に含まれ、おとめ座銀河団は、ラニアケア超銀河団に含まれます。大きさは大体一億光年以上ですね。そして宇宙には他にもたくさんの超銀河団があります」

スバルが言うには、この地球が砂の一粒だとしたら超銀河団というのはサハラ砂漠のすべて、を含めても全く足りないほどの数の星々によって構成されるスケールのものらしい。

銀河の数は一兆個とも見積もられていて、しかしそれはあくまでも観測可能な範囲内だけのこと。その果ての、さらに先の、観測不可能な領域がある。

講義室のあちこちから、驚嘆とも感嘆ともとれる吐息が漏れ聞こえた。クロエの唇からも同様に、である。

宇宙は広い。そんなことくらいは知っていた。長く生きてきたクロエのみならず、大半の人々がそうだろう。聞いたことがあるし、何かで読んだこともある。あくまで、文章としては、である。

だけど、違った。宇宙は広い。本当に広い。きっと、今もスバルほどちゃんとは理解できていないのだろうとも思う。だが、その広大さの一端程度は感じ取れたと思うし、その一端だけでも震えそうなほどの衝撃がある。

クロエは無意識に、祈るようにして両手を組んでいた。かつて神に向けてそうしたときのように。気が付いたらそうしていた。

「と、まぁ、このくらい宇宙は大きいわけです」

いったん、解説が区切られた。スバルはペットボトルの水を飲むと、学生たちも思い出したようにそれぞれ何かを飲む姿を見せる。クロエには、なんだか急に遥かな星々の世界からこの講義室へ戻ってきたように思えた。

「さて、そんなにも大きくて遠い宇宙ですが、じゃあ、どうやってそんなバカでかくて遠くにあるものを観測してるの？　という話をします。……だ、大丈夫ですかね？　皆さん、ついてきてくれてますか……？」

スバルはときおりこうした自信のなさそうなそぶりを見せる。普段でもたまにあるが、それは講義中も同じらしい。彼らしいな、と思うと同時に、もったいないなぁ、とも感じた。

「だいじょーぶです。普通に興味ありますー」

クロエの二つ前の列の女子学生がそう発言し、他の何名かもそれに同意する声を上げた。スバルは安心したように息をつき、また右肩に左手を当てた。

「ありがとうございます。えーっと、なんでしたっけ。あ、観測の話、あー、えー……」

何やら考え込んでいる。これも、彼がたびたび見せる様子だ。話している途中に言葉が途切れ、黙ったり慌てたりする。あれは話す内容を深く深く考えているからなのだろうとクロエは知っている。彼の性格がよく表れているように思う。

慎重に吟味しているから、軽妙洒脱(けいみょうしゃだつ)な会話とはならない。だけどその分誠実で、真面目。

「あ、はい。観測。もちろん、光を観測して宇宙の形を探っていくわけですが、天文台……、えっと、簡単に言えば、天文台で光を集めて観測します。望遠鏡で見ると、遠くのものが近くに見えますよね。その大きいやつだと思ってください。ただ、光というのは人間の肉眼で見えるものがすべてではありません」

スバルの講義が再開された。なんでも光の正体は電磁波というものだそうだ。そして電磁波はその波長によって電波や赤外線、紫外線などに分けられる。その中には目に見えないものがあるとのこと。

この説明の最初のあたりでは、クロエは頭を抱えてしまった。

うう……、と心の中で嘆く。

電波とか赤外線とか、単語は聞いたことがあるわ。なんなら、その単語が世の中に出てきたときのことだって覚えているもの。でもそれがなんなのかはよくわからない。ムズカシイコトバ。なにしろ私は科学知識なんてないも同然の世界に生まれてきたのだから。

パンを焼いたり、縫物をしたりすることはちょっとだけ自信があるのだけど。

諦めそうになったクロエだったが、そこは自分なりに頑張って理解に努めた。話が難しくなるにつれて楽しそうになっていくスバルの表情が、クロエをそうさせていた。

「……すみません、ちょっと前のめりが過ぎました。まあ、光にはいろんなタイプがあって、肉眼で見えないものもあるってことだけわかってくれればＯＫです。で、こういうタイプの光はずいぶん遠くまで届くものがあります。この光を集めて遠くの天体を観測するわけです。ただこの光はそのままでは目に見えないので、電気信号に変換して見えるようにする望遠鏡があります。いわゆる『電波望遠鏡』とか『赤外線望遠鏡』ってやつです。例えばハワイにある……」

スバルの説明は続く。おそらく、かなり言葉を選んでいるのだろうと思われた。と、いうのもクロエにもその意味がわかり、さらに興味深く感じられるからだ。

なになに天文台、という施設の名称は聞いたことがあったが、そうしたものだということは知らなかった。写真や映像で見たことのある美しい宇宙の光景が、電気信号に変換されて映し出されたものであることも知らなかった。

この大地から遥か遠く、空の向こう側にある美しいものを見るための瞳。科学の先端であるはずなのに、その在り方はどこかクロエには懐かしかった。

「で、ここからは少し僕の話になっちゃいますけど……」

クロエは、研究者としてのスバルが現在行っている仕事の話を初めて聞いた。

彼は、さきほど説明した天文台での観測を行うことを目的としている。そしてそれは、あまりにも巨大で深遠な宇宙の彼方にある銀河を探すため、らしい。いつか聞いた、観測提案という単語の意味がやっとわかった。

語るスバルはいつもの優しさはそのままに、しかしどこか気高くも見えた。ほんの少しだけ、でもたしかに。

「……すごい」

　ぽつり。クロエは気が付けば囁くような声で呟いていた。ただその呟きは周囲の喧騒、スバルの研究についての感想を口にする学生たちの声でかき消される。

「なんて。少しカッコつけてしまいました。ま、まあ……今のところちょっとしか進んでないし、競争相手も多いプロジェクトなので、あんまり自信ないんですけどね。はははは」

　照れたようにして、力なく笑うスバル。鼻の下をこすってみせた彼の弱気な言葉はきっと本心なのだろう。そういうところも、彼らしいなぁと思う。なんというか、少年のようだな、と思う。無邪気に綺麗な世界を見つめているところも、どこか頼りなく弱々しいところも。

「あ、そろそろ終了の時間ですね。じゃあ、最初にした質問について。僕は宇宙人はいるんじゃないかな、と思います。地球に生物が誕生したことが奇跡的な確率の偶然によるものだということはわかってますけど、なにしろ宇宙は本当に、本当に、本当に大きいので」

　ざわざわ、と講義室中から声が上がった。皆が、近くの席の人と言葉を交わしている。今の講義を聴いて感じたことを、伝え合っている。

「地球以外にも生物が誕生して、文明が起こった星があっても不思議じゃないかな……って。僕だけじゃなくて、そう考える人が多いから、地球外知的生命体探査や地球外文明へのメッセージを送信する試みはＮＡＳＡをはじめとした世界中で真剣に行われています。……今のところ成果はありませんが」

今度は、あちこちから驚きの声が上がった。そういう活動は、民間の怪しい研究者もどきがやっているものだけだと思っていた、という言葉も聞こえる。実を言えば、クロエもちゃんとした機関がそうした活動を行っていることを知らなかった。

スバルは、ですよね、と笑ってから続けた。

「それに、宇宙にも誰かがいると思ったほうがなんか素敵じゃないですか。地球は、あと五十億年くらいで消滅します。そうなったとき他に誰もいないんじゃ寂しいです。ここに、僕たちがいたんだっていうメッセージが、何十億年もたってどこかに届いたらいいな、って思います」

ちょうどスバルがそう言い終えるのとほぼ同時に、講義の終了を伝えるチャイムが響いた。

間に合った、よかった、じゃあ今日はこの辺で。スバルはバタバタとそう言い、資料をまとめ始めた。そのとき。

どこからか、乾いた音が鳴った。ぱち、ぱち。音は、少しずつ広がり、大きくなった。

それは拍手だった。万雷の喝采、というわけではなく、控えめな、だけど敬意と感謝による拍手が、自然に発生していた。

「え、な、なんですかね……。あ、えっと、ありがとうございます」

後頭部に手をやり、頭を下げるスバル。その戸惑う様子を見るに、講義のあとに拍手が起こるというのは珍しいことらしい。少なくともスバルは経験したことがなさそうだった。

クロエも拍手を送った。ここにいることが悟られないように、と講義の間は極力俯き、スバルから目をそらしていたのだが、今はそうできなかった。星々の世界について真摯に語るスバルの姿が、眩しく見えたから。

少しだけ、泣きそうにもなっていた。スバルの研究内容に感動したから、というだけではない。スバルが語った、五十億年後に地球が消滅するという話。それは、クロエにとっては自身に関わりのない遥かな未来の話ではない。この場でただ一人、世界中でただ一人。クロエにとってだけは。

スバルはその先に思いをはせていた。それも、本気で。だからクロエの目は潤んだ。

それがどういう感情によるものなのか、とても一言で言い表せそうにない。

ただ、わかったことがある。

ああ、だからなのね。寂しさだけじゃなかった。彼だから、だった。

スバルはちょっと弱気で、自信がなさそうで、オドオドしている。だけどとても穏やかで優しく、誠実な人だ。そしてあの瞳。

人の世を超え、永遠と無限に近しい世界を見つめるあの瞳は他の人とは違う。私はきっと無意識のうちに気づいていた。私だから気が付いて、だから惹かれていたんだ。

講義室を見渡すスバルが、拍手を送るクロエの姿を捉えた。

「ぃ」

スバルは、また変な声を上げた。彼は驚くとよくそうする。クロエにはそれがちょっと面白い。可愛いな、とも思う。そう思ってしまうのは申し訳ないけれど。

彼は慌てていた。クロエがここにいるなんて少しも思っていなかったのだろう。あたふたとして、手に抱えていた資料を全部落としてしまったようだ。ドサドサドサ、という紙の雪崩と、慌てふためくスバルに学生たちは笑いつつも、資料を拾う手伝いをしている。

クロエとしては、本当は彼には悟られぬままここを去るつもりだった。なので若干の気まずさがある。でももう、仕方ない。それに講義を聴いていて自分がどうするべきかもわかった。

バレちゃいました。と目で話しかけた。スバルも同じく目で何かを訴えているが、多分それは言葉にするととても長いのだろう。情報量が多くて、クロエには読み取れない。

クロエは席を立ち、教壇に向けて歩みを進めた。

私はきっと、彼のことを好きになりかけている。だからこのままじゃダメ。

私のような存在は、彼にとってよくない。誰にとってもそうだけど、彼は特に。

彼は彼の道を進むべき人だと感じるから。そして、このまま彼のことを好きになってしまったら、いつか来る日に私はきっと耐えられない。

ほんの少しの間だけど、楽しかった。まるで幸せな微睡に見る夢のような日々だった。

だけど、だから。

お別れをしないと。

※※

なんでこんなところにクロエさんが。

昴の脳内メモリは一瞬にしてその命題に支配された。そして次々に思考が展開する。そうなると動けず、喋れなくなる。自覚のある自身の特性だった。

聴講？　昨日薩摩が話してたのはこれ？　いやなんで薩摩が？　というかなんで今ごろ気づくんだ僕は。あんなに目立ってるのに。周りの男子学生とか超見てるし。いや綺麗だし、髪が自然な亜麻色だしわかるけど。あー、今日はワンピース着てるんだな、花柄な感じで、キャスケットも被ってるからちょっといつもより若々しいというか学生っぽいかも。え、なに僕の講義聴いてたってこと？　今日はなんか学生の反応良かったし手ごたえあった気もするけど、ちょっと青臭いかもしれないから、知人に聞かれるの恥ずかしいな。しかもクロエさんだぞ。ああ、どうすんのこれ。やばい席立ってこっち来るよ。あー……！

「こんにちは。あのこれ、どうぞ」

目の前にやってきたクロエがそう言って微笑んだ。その手には、昴が落とした資料のうち遠くのほうに飛んでしまったペーパーが握られている。落とした分はそれで最後だった。

ふわりとした光に包まれたような彼女が、周囲の視線を集めた。

「こ、こ、こ」

ペーパーを手に取りつつ、昴は例によってスムーズに言葉が出てこなかった。

昴のそんな様子に何か事情を察した、あるいは邪推した学生たちが冷やかしや好奇の視線を向けてきているのがわかる。まずい。

「と……」

「と？」

小首をかしげるクロエに、昴は手で促した。

「と、とりあえず、少しお待ちください」

学生というのは基本的に噂話が好きなものである。そのうえ、この天パで陰キャでイケてないと評判の自分と、このクロエだ。インパクトが強い。明後日くらいには、冬乃准教授と留学生の美人さんの関係にまつわる諸説が三つくらいは生まれているだろう。なので、学生がいるうちは会話はしないほうがよさそうに思った。『諸説』の根拠になりそうだからである。

昴とクロエを気にかける学生もちらほらいたが、さすがに二限が終われば昼食休憩の時間になるため、そんな彼らもわらわらと講義室をあとにしていく。

途中、何人かの学生が昴に質問をしてきた。講義の内容についてである。それには丁寧に答えつつ、その場では難しいものについては時間を指定して研究室に来るように話す。

クロエは、そんな昴の様子を少し離れたところから見守っているようだった。

そうして学生の最後の一人がいなくなったのは、講義終了時間から十分後のことだった。

講義室には、昴とクロエの二人だけだ。

以前なら、このあと昴は講義に使ったホワイトボードの板書を綺麗に消していたが、最近はその作業がない。講義終わりに板書をスマホで撮影してから帰る学生が、ついでにと消してくれているからだ。なので、講義室でやることは特に何もない。ただ、今日は何かやることがあればよかったのに、とも思う。何かしながらのほうが、緊張せずに話せる。

でも、いつまでも自分がそんな風では前に進めないと思っているのも事実だった。

昴は一度深呼吸をして、講義室の窓を開けてその枠に腰かけ、口を開いた。

「び、びっくりしました」

「ごめんなさい。本当はこっそり帰ろうと思ったのですけれど」

「あ、いや聴講は別に悪いことじゃないし、それはいいんですけど。……あー、なんかちょっと恥ずかしくて。……あ、どうぞ座ってください」

昴がそう言うと、クロエは昴のいる窓の近くの席に腰を下ろした。そうしていると海外の名門大に通うお嬢様のようにも見える。彼女の発した、失礼しますという言葉もそうした印象を強めている。

「でもどうしたんですか？　突然」

気になったので、昴はそのまま質問してみた。そうできるだけでも、自分の成長や彼女との進展を少しだけ感じるのが情けないところでもあり、嬉しいところでもあった。

「普段のスバルさんのお仕事の様子が見てみたくて」

どきり、とするセリフだった。それは、好意がある相手に伝える内容ではないのだろうか。向けられる流し目と、どこか切なげな声色が、さらに鼓動を加速させる。

「そ、そうなんですか……。ええと、どう、でしたか……？」

緊張と恐れ、そしてわずかな期待が混ざった昴の問いかけ。クロエは弾んだ声で答えた。

「とても素晴らしい講義だったと思います。私も、ここの学生になりたいと思っちゃった」

窓辺から差す陽光がクロエの髪をふわりと包み、風がその髪をそよりと揺らす。

彼女は最近、昴に対して時々敬語を崩す。そうしたときの彼女は、お茶目というやや古風な表現がぴったりで、昴にはそれがくすぐったかった。今は、伝えられた感想もあわせてひときわに。

「ありがとうございます。光栄です」

昴にしては珍しく、何かを考えるより先にそう口にしていた。頑張ってきたことを、頑張っていくことを認められたとき、人はシンプルな反応しかできないのかもしれない。

「でもスバルさん、おかしいの」

不意に、クロエがくすりと笑った。その表情は魅力的だが、昴としては気が気ではなく、慌ててしまう。

「な、なんか変でした？」

「素敵なことをお話ししているのに、すぐに照れたり、弱気なことを仰るから」

「……あー」

それには心当たりがある。だけど、広すぎる宇宙と自分の実力を考えれば仕方がないとも思う。絶対成し遂げるなんて言えないし、学術的な意味ではたいした成果を残せない可能性のほうが高い。

昴は週刊少年ジャンプが好きだが、自分がその主人公たちとは違うことをよく知っている。だから『ノーベル賞受賞天文学者に、俺はなる！』なんて言えない。

「でも、今日は来てよかったです。実は、スバルさんにお伝えしたいこともあって」

クロエはどこか遠くを見るような瞳をした。昴から視線をそらし、窓の外を見ている。そんな彼女からは、たおやかな様子ながらも何か決意めいたものを感じる。

あ、これはもしかして。

昴は直感した。今までそういう経験はなかったが、クロエと過ごしたこれまでや、繋いだ手を考えれば、ありえない話ではない。これは自惚れなのだろうかと弱気にもなるが、そうではないような気もする。

鼓動が高まり、手のひらに汗をかいた。拳を握りしめ、その汗を潰す。

だとすればどうしよう。本当は、自分から伝えようと思っていた。そのためのシチュエーションなんかも考えていた。まだ勇気は出ていなかったが、このままクロエからの言葉を待ってもいいものだろうか。

そういうことは男のほうから言うものだという説もある。が、それは男女平等やジェンダーフリーが重んじられる現代においてはさほど気にしなくてもいいのではないか。

いや、ダメだ。

男のほうから言うべきだ、とかそんなことではない。自分が、勇気を出したかった。彼女と出会って、少しだけ頑張れる自分に変われた。それで色々なことが回りだした。感謝している。彩りが生まれた日々に、感じたときめきに、柔らかな時間に。

だから、僕が言う。彼女だってきっと怖いはずで、だから僕が言うんだ。考えていたシチュエーションとは違うが、今だって悪くない。春のキャンパス、他に誰もいない講義室、窓辺に二人きり、外からは学生たちの賑やかな声。まるで、昴が経験していなかったイメージ上の青春の光景。

言うんだ。今、僕が。

そう思っても、言葉が出てこない。

昴の鼓動が限界まで高まった。なんなら少し気分が悪い。景色がぐるぐると回る。多分、血流が過剰になっている。普段から血圧の高い人ならたおれているかもしれない。

　昴はクロエのほうに改めて目を向けた。一瞬だけ目が合ったが、彼女はすぐに俯く。彼女の長い睫毛が、碧い瞳を隠す。そのまま彼女は席から立ち上がった。

　近い距離で、二人が向き合う。

「クロエさん、僕は」

「私、イングランドに帰ります」

　ようやく口を開くことができた昴の言葉に被さるようにして、クロエは端的に言った。

「……え？」

　予想外すぎて、昴はすぐに反応ができなかった。時が、止まったように感じられる。

「はい。もともとあまり長い期間いるつもりはなかったんですよ。スバルさんにはお世話になりました」

　深々とお辞儀をするクロエ。しばらく頭を下げたままで、表情が見えなくなる。

「あ、え、」

　昴が戸惑ったまま数秒が過ぎ、顔を上げたクロエの顔は晴れていた。これまで見たことがないさっぱりとした表情。凛（りん）とした空気を纏っているような彼女は、これまでとはまるで別人のようだ。

「……そう、ですか」

昴はようやくそれだけを絞り出した。まだ、考えがまとまらない。僕はどうしたいのか、どうするべきなのか。何を伝えればいいのか。様々な単語だけが、脳内を駆けまわる。

遠距離恋愛、英国の大学での勤務、将来、研究、収入、奨学金の返済、未来。だがどれもすぐには現実感がなく、キーワードだけがただ空回りを繰り返す。だからその代わりに口をついたのは、知人が渡英すると聞いたときに普通はするであろう一般的な質問だった。

「いつ、行くんですか？」

「来週です。ずいぶん前から決まってたんですけど、なんとなく言いそびれてしまってて」

「来週⁉」

予想よりも早い。

「もう、日本には戻ってくることはないでしょう」

しかも、一時的な帰国ということではない。

「今私が持っている携帯電話は、リリーちゃんのものを借りているものなので、連絡も取れなくなると思います。私の故郷では必要ないものですし、インターネットも苦手なので」

なんでもないことのように、流れるように。さっぱりとした口調で笑顔のままそう語るクロエ。昴はその内容に感情が追い付かなかった。

彼女が言っていることをまとめれば、つまりこういうことになる。彼女の人生から僕はいなくなり、僕の人生から彼女はいなくなる。それは、彼女にとってはたいしたことではないのだろうか。

もちろん、自分たちは別に正式に交際していたわけではない。想いを伝え合った間柄でもない。だから事前に相談するようなことではないのかもしれないし、これでお別れとなったとしてもおかしいことではない。何か事情があって英国に帰るのだとして、昴はその決断をあれこれ言う立場にはないし、彼女がそれを伝える義務もない。

でも二人には何か予感めいたものはあったのではないか。

その予感が何かに変わることはなく、ただ、少しだけの思い出だけを残して、それっきり。それも、彼女は最初からわずかな期間しか滞在しないつもりだったのだと言う。

それでは、あの日々はなんだったのか。短い期間の遊び相手として自分が選ばれただけ、ということなのだろうか。そういう生き方をする人がいることは知っているし、悪いとも思わない。だがクロエはとてもそういうタイプには見えなかったし、仮にそうだったとしても昴がそういう相手に選ばれるタイプとも思えない。

わからない。この予感は自分だけが勝手に抱いていたものなのか。彼女は何を考えているのか。

「あの……」

何を言うべきなのか、何を言いたいのかもわからないまま、だけど何かを言いたくて口を開いた昴だったが、クロエは続きを待ってはくれなかった。

「今日はそれを伝えようと思って。お仕事中にごめんなさい。では、お元気で」

窓からの光と風で、彼女の髪が輝き、そよいだ。手のひらを前であわせて、目を細めて、まるでどこかの会社の受付嬢のようにお辞儀をするクロエはとても綺麗で、そして遠い。

「さようなら」

さようなら、なんて言葉も、普段はあまり耳にするものではない。やけにクラシカルな日本語を使う、彼女らしい。またね、でも、ばいばい、でもないその響きはきっぱりとした別離を表していた。

「あ、……はい」

昴はただ、そうとしか言えず。クロエはそんな昴にもう一度お辞儀をしてから背中を向けた。いつかのように振り返ることもなく、ただ講義室から出ていき、間抜けな顔をした天文学者が一人残される。とても、追いかけることはできそうもなかった。第一、追いかけて何を言うというのだ。

「……ははは……」

何もおかしくないのに、笑えてきた。いやそうではない。おかしかった。舞い上がって、未来を想像して。しかしそれはすべて勘違いで、妄想だった。ただそれだけのこと。おかしいに、決まっている。

彼女が出ていったドアから目をそらし、窓からの景色に視線を向ける。湘南文化大学の構内には桜の木が植わっていて、春が始まった今は、ちょうど満開の時期だ。

昴は咲き始めの桜が好きだったが、今はもしかしたら綺麗には見えないかもしれないな、そう思って視線を向けた。だが桜は、去年までと同じように美しく、綺麗に映った。

人間ごときが、昴ごときがどうなろうとも、花は変わらない。

春の陽光と爽やかな空気、生命力を感じさせる木々。

「はは……」

昴は天然パーマの頭に手をやり、がしがしと掻いた。クロエが発つのは一週間後とのことだが、自分はどうすればいいのだろう。もう一度会って、何かを伝えるべきなのか。それとも、もうこれが最後なのか。

いつも考え事をしていて、心の中を描写した場合のページ数は他の人より多いのだろうと思っていた昴だが、その答えはいくら文字数を費やしてもたどり着けそうになかった。

ふと、クロエがさきほど立っていたあたりに目を向けた。

床には、わずかな水滴があった。

※※

たとえ心が乱されるような出来事があったとしても、日常は続く。特に、大人の場合は仕事というものは変わらずに存在し、それをこなしていかなければならない。

研究室に戻った昴は学生のレポートの採点をして、今日でまとめておかなければならない観測データの分析を行った。ふとした瞬間に、午前中に会ったクロエの表情と言葉がよぎり、その都度かぶりを振る。

とても残業する気にはなれず、夕方には大学を出て、家路につく。今日はプラネタリウムのバイトも入っていない日なので、夕日が落ちる前にアパートの前に到着した。ベーカリー『ＺＵＺＡ』には灯りがついている。まだ閉店時間ではないらしい。『ＺＵＺＡ』はガラス張りになっているため、昴からも店内の様子がよく見えた。無意識に、彼女の姿を探してしまう。やはり、というべきか、そこにクロエの姿はなかった。

そのことをどう思ったのか。昴には自分の感情がわからなかった。ホッとしたような気もするし、哀しいような気もする。

腹が減っていることに気が付く。そういえば、二限目のあとにクロエと話して、そのあとの昼休みには何も食べていない。それにしても、精神状態に関係なく空腹にはなるらしい。

今日は珍しく薩摩が夜に出かけると聞いているので、夕食は一人だ。今から買い出しにいくのも面倒に思い、昴は『ＺＵＺＡ』のドアを開けた。

「いらっしゃ……。あれ？　センセーじゃない。早いね今日は」

いつも通りの明るい声をかけてきたのは、いつも通りに元気のいい店長だった。時間のためか、他に店員はいないらしい。

「はぁ……。まあ、たまには」

「チョコ系のは今日はもう売り切れちゃってるよ。ごめんね」

すっかり好みを把握されてしまっていることに苦笑しつつ、昴はトングを手に取った。もともと夕食にするつもりなので、総菜系のパンを買うつもりだった。が、そうしたパンもあまり残っていない。棚に並ぶバスケットは空か、あるいは数個だけ残ったパンが入っているのみだ。閉店間際のベーカリーは、どこか寂しいものだということを昴は初めて知った。

それぞれ一つだけ残っていたクロックムッシュとパニーニをトレイにとり、レジへ。

「センセー。ちょっと落ち込んでる？」

「そうですかね……。まあ、僕はいつもあんまり明るくはないですし」

気風のいい店長のやや乱暴な気遣いは嫌いではなかったが、今日は上手く対応できそうにもなかった。昴は言葉を濁し、曖昧に笑った。

「……クロエちゃんのこと、聞いたんだ？」

レジを打ちつつ、店長がぽつりと漏らした。彼女にしては珍しく沈んだ口調に聞こえる。店長からすれば従業員が辞めることになるわけで、考えてみれば知っていて当然のことだった。そんなことにすら、気が回らなかった自分に驚いてしまう。そして店長は、面白がっているようでありつつも昴とクロエの関係を気にかけ、喜んでもくれていた。だから、こうして気遣ってくれているのだろう。

昴は数秒の沈黙のあと、答えた。

「はい」

たったそれだけ。他に言うことが何もなかった。

「そっか。残念だったね。二人、イイ感じに見えてたからさ」

「はは……。そんなことないですよ」

「元気出しなよ。無理かもしれないけど」

「ははは……」

「四二〇円ね」

「あ。あ、はい」

「……寂しくなるよ。今どき珍しいくらい、いい子だったし。本人も最近楽しそうにしてたのに」

昴は五百円玉を取り出し、店長に渡した。財布の中を探せば二十円はありそうだったが、それすらも億劫だった。ただ、大人として会話は続けなくてはならない。

「そうですね。店長さんも大変ですよね」

『ZUZA』はそれなりの繁盛店だし、従業員が一人辞めるというのなら補充の準備をしているのだろう。そして新しい人を雇うのならば、その人へ教育をする必要があるとか、そういう苦労があるのだろう。昴の発言はそうした推測に基づくものだった。本当はさほど興味があるわけではない。ただの世間話のようなものだ。

「私？ んー。まあ急なことだったしね。でも看板娘なら私がまだまだ現役だし？ それに何か深刻な事情あってのことなんだろうから仕方ないさ。クロエちゃんにはあんなに申し訳なさそうにさせちゃって、こっちこそ申し訳なかったよ」

店長がお釣りと同時に渡してきた紙袋。それを受け取ろうとした昴の手が止まった。

「え……？」

「ん？ なに？」

店長は小首をかしげた。きっと昴のほうも、不思議そうな顔をしているはずだ。

今の会話は、嚙み合っていない。

クロエの日本滞在はもともと短期間と決まっていて、帰国するのも予定通り。昴はそう聞いている。だが店長の言葉から受けるクロエの様子はそうではない。退職も帰国も、何か理由があっての急なもの、ということになっている。

「センセー？」

「あ、いや、えっと、すみません。なんでもないです」

昴はなんとかそれだけを言って紙袋を受け取った。お釣りは募金箱に入れる。

「大丈夫かい？　なんなら、今日センセーも一緒に飲みに行く？　話くらいなら聞くよ」

らしくもない心配そうな表情の店長は妙な言い回しで昴を誘った。彼女はやはり面倒見のいい優しい人だ。誰か友達とでも飲みに行く予定があるのだろうが、その席にこんな冴えない暗い男を呼んでくれる女性はあまりいない。それはありがたいのだが、そんな気分にはなれそうもなかったし、第一店長に迷惑をかけるのは申し訳ない。

「いえ、今日は一人でゆっくりします。せっかく薩摩がいないので」

昴は無理に笑顔を作ってそう答えると、『ＺＵＺＡ』のガラス扉に手をかけた。

パンの入った紙袋を片手にアパートの階段を上がる。五階まで上がる都合上、上る重い足取りと同時に、疑問が駆け巡る。

たしかに、クロエは自分にはもともとの予定通りの帰国と言った。しかし店長には急な都合と話している。ならば、どちらかが嘘ということになる。

なんのために？　彼女は誠実な人柄をしていると感じていた。それは今でも間違っていないと思っている。嘘は苦手そうだし、嘘をついたことに罪悪感を覚えそうなタイプだ。なのに、何故。理由がわからない。この嘘にはどんな意味があるというのだろう。

三階まで到着。階段の踊り場で、足を止めてしまう。

やはり、店長に嘘をついたとは思えない。最初から短期間しか働かないつもりでありながらそれを隠して採用されたうえに、突然辞める。彼女がそんなことをするだろうか。

では昴が聞いたほうが嘘なのか。その場合は本当は何か理由があっての帰国だが、それを隠すためということになる。ではその理由とは何か。

昴は四階に上がる階段に踏み出しつつ、頭を掻いた。

もしかしたら僕は、自分に都合のいいように考えようとしているのではないだろうか。

クロエさんは誠実な人であり、僕に嘘をついたのも特別な理由あってのこと。本当は彼女自身は帰国したいと思っておらず、あんなに平気そうにしていたのは演技である。これは、そうであってほしいという願いなのかもしれない。

まるでストーカーが相手の言動を自分に都合のいいように解釈して、当人のなかだけでは愛しあっていることになるように。そう考えると、怖い。

僕は、冷たくお別れを言われたことにショックを受けて事実を捻じ曲げて考えようとしているのではないか。本当のところは彼女は単に昴のことをなんとも思ってなくて、講義室で話したこともでまかせだっただけ。ただ、それだけのこと。

五階にたどり着き、鍵を取り出す。部屋に繋がるドアの前で立ち止まるが、ドアに手は伸ばせなかった。

「いや。──違う」

呟く。それは無意識に近い発露だった。

昴は普段から自分のことをあまり信用していない。今もストーカーみたいな思考回路をしているのかもしれないとも思うし、クロエに特別な想いを寄せられている自信もない。だが、クロエが誠実で優しい人だという点だけは間違っていない。だから。

昴はアパートの扉を開け、部屋に帰った。そして、パンツのポケットからスマートフォンを取り出す。

やはり、あれっきりもう二度と彼女に会えないなんて無理だ。

本当のことを知りたい。彼女の気持ちを聞きたい。

いや、色々ぐるぐると考えたけど、これは全部言い訳だ。それもわかっている。本心ではただ、もう一度彼女に会いたいだけ、そして伝えたいだけだ。

僕は結局、彼女に何も伝えてはいない。もし、彼女が本当にいなくなるのだとしても、僕のことをなんとも思っていないのだとしても、僕は伝えたい。

昴はそう決意した。そしてスマートフォンを操作し、クロエに連絡を取ろうとして、手を止めた。またあれこれ考えて、部屋中を歩いて、それからスマートフォンをタップし、一度テーブルに置き、ホワイトボードに伝えるべきことを列挙する。

情けなくもそんなことを何度も何度も繰り返す。クロエはメッセージアプリに不慣れだから通話するしかないが、いざとなると勇気が出てこない。どんどん日が暮れていき、もう外は真っ暗だ。

やっと発信ボタンをタップできたのは昴が帰宅してから二時間半もたってからのことだった。

長いコール音。手のひらに汗が滲んでいくのがわかる。彼女が出たら、まずは明るく挨拶をしよう。そしてもう一度会いたいと伝えて、時間と場所を話そう。それから。

〈なんだい〉

スマホから発せられた言葉にギョッとしてしまう。昴の耳に飛び込んできたのは、しゃがれた女性の声だった。強い酒で灼けたようなそれは透明感のあるクロエの声とは、まるで違う。間違い電話をしてしまったのかと画面を確認するが、通話の相手はクロエさんと表示されている。

「え、あ、……すみません、えっと……」

〈クロエならもうこのスマホを私に返したよ〉

昴の脳裏に、以前出会った老婦人の姿がよぎる。ド派手なスポーツカーに乗ってパンクなファッションをしていた彼女だ。そういえば、クロエのスマホはもともと彼女からの借りものだと聞いていたことを思い出す。

「リリーさん……ですか？」

〈他に誰がいるんだい。あんたはスバルだね。クロエにはもうこの電話は繋がらないよ〉

言い切られた言葉に、愕然とする。前にも感じたがリリーの声や言葉には謎めいた迫力があり、それだけでたじろいでしまうというのに、今は伝えられた事実自体も辛辣だった。

「そう、なんですか……。あの、クロエさんは今……？」

〈知らないね。帰国の準備で忙しくしてるんだろうさ。何か用があったのかい？　諦

めな〉

それは、はっきりとした宣告だった。もうダメなのだと、どうにもならないのだと伝えてくる強い言葉。

「そう……ですか……」

わかりました、ではこれで。そう言って通話終了ボタンを押してしまいたくなる。いつもの昴なら、これまでの昴なら間違いなくそうしている。でも今は、今だけはそうすべきではないと心のどこかが叫んでいた。

「僕は、もう一度クロエさんに会いたいと思っています」

〈……それで？〉

「そう伝えてもらえませんか、彼女に」

今たどれる糸はリリーと繋がったこの通話だけだった。

長い沈黙のあと、リリーがため息とともに答えた。

〈諦めな〉

短く発せられた声は、異常なほど重かった。比喩的な意味ではない、昴の体は、実際に重さを感じていた。まるで、電話越しに呪いでもかけられているような圧力に、昴の息が詰まる。目が眩み、立っているのが辛いほどだ。

なんだこれは。これではまるで超常現象じゃないか。

リリーの言う通りだと認め、座り込んでしまいたくなる。わけがわからない。

昴は混乱しながらも、細い糸を手繰る手を放すまいと、力を込めて答えた。

「……お願い、します」

なんとか絞り出した懇願に、また長い沈黙があった。

〈へえ〉

何故か、リリーは感心するような声を上げた。同時に、昴にのしかかっていた重圧が消える。昴はそれを、極度の緊張による錯覚だったのだと考えた。

〈わかった。時間と場所を指定してあとで送りな。伝えるだけは伝えてやるさ。でもクロエが来るかどうかは知ったこっちゃないよ〉

リリーの言葉は変わらず乱暴で厳しかったが、今はその中にわずかな温かみ感じられる。少なくとも昴には。

「ありがとうございます！」

昴は虚空に向け、風を切る音がするほど大きく頭を下げた。

一方、リリーはまたため息をつき、それからくつくつと笑った。

〈ただね、中途半端な気持ちなら、もうクロエに会うのはおすすめしない。その待ち

合わせ場所に来るのなら、あんたのほうも覚悟を決めてからにしな〉

「え？」

〈世の中には、頭のいい学者先生も知らないことがたくさんあるんだ。それはあんたの知っている世界や常識を破壊するかもしれない。覚悟っていうのはそういう意味さ〉

ぞわり。昴の体が震えた。

大仰なセリフだったが、とても冗談を言っているようには聞こえない。だから昴は即答を避け、答えた。

「わかりました。ちゃんと考えます」

〈期待はさせてもらうさ。星読みのスバル〉

リリーはそう言い切り、通話が切れる。間抜けな電子音だけが、昴の耳にこだました。

「……ふーっ……」

ゆっくりと深呼吸をして、床にへたり込む。リリーの話していたことは謎めいていたし、覚悟についての問いかけは恐ろしさすら感じた。クロエには、何か想像を絶する背景があるのだろうか、とも思う。例えば実はどこかの国の諜報員（ちょうほういん）であるとか。

「……いや、考えても意味がない」

すぐに推測して、勝手に考えを巡らすのは昴の癖だが、今はそうしても仕方がない。

昴は床に大の字に寝転がり、目を閉じた。

直後に帰宅した薩摩に誤解され、ＡＥＤを装着されかけた。

※※

「よろしかったのですか？　リリー様」

ロッキングチェアの足元にやってきた黒猫がそう尋ねた。この黒猫は孫の使い魔だが、その孫が恋人と遠出をしているため、今夜はリリーの家で預かっている。

「さあね」

リリーはあえてぶっきらぼうにそう答え、サイドテーブルのグラスにワイルドターキーを注いだ。灼けるような液体を喉の奥に滑らし、香りをきく。

実際のところ、さあねとしか答えようがない問いだった。最後の大魔法使いとされる自分でも良いのか悪いのか、判断がつかない。

「クロエさんに伝えるのですか？」

「そりゃそうさ。私は約束は守るんだ」

伝えると言ったのだから伝える。それはたしかだ。

あのスバルという男は見かけによらず骨がある。いかに電話越しとはいえ、スバルはリリーのかけた呪いに耐えてみせたのだから。

『諦めな』という言葉に、リリーは魔力を込めた。常人ならば意識を保つのが難しいほどの重圧をスバルははねのけてみせた。並の精神力でできることではない。その点に敬意を表した、あるいは期待したいのかもしれない。それに、あのままではスバルはいつまでもクロエに未練たらたらのままかもしれない。しかも何も知らないままでだ。それならばいっそ、とも思う。

クロエがどうするかは知らない。だが、クロエはスバルに真実を告白してはどうだろうかと思っている。

運命は少々クロエに対して厳しすぎる。あまりの過酷さに、クロエはすっかり消耗しすべてを諦めている。それはあまりにも哀しいことだ。だが、リリーにはどうすることもできない。根本的な問題を解決することは不可能だ。もちろん、スバルならばどうにかできると思っているわけではない。ただ。

クロエの寂しさをほんのわずかだけでも癒すことはできるのではないだろうか。そう思った。それにより、クロエはこれまで同様にまた辛い思いをするのかもしれないが、そうとも限らない。

　真実を知ったスバルがどうするのかも知らない。少なくとも秘密を公表したり、クロエに害をなすような行動を取るとは思えないが、普通の人間が抱えられるような『事情』ではないのだ。

「私は、こう見えても善良な人間なんだよ」

　リリーはダブルで注いだ琥珀色の液体を飲み干し、そう呟いた。黒猫は、存じ上げておりますとも、とでもいうように首肯する。

　余計なことをしたかもしれない、とも思っている。クロエを迷わせてしまうだけかもしれないし、その結果、クロエもスバルも傷つけるかもしれない。あのまま別れていれば、いつしか時間の流れが癒したはずの痛みを、いつまでも疼(うず)く傷跡に変えてしまうのかもしれない。だがそれでも。

「奇跡を期待してるのさ」

　二杯目を注ごうとしたところで、リリーのスマートフォンが振動した。スバルからのメッセージが着信している。手に取ると、さきほど話していたクロエとの待ち合わせについての場所と時間の詳細が記載されていた。

「くく」

額に手を当て、つい笑ってしまった。あの星読みは、意外にロマンティストだ。嘲笑ったわけではない。嬉しかったのだ。ロマンは大切だ。こんな状況の場合は特に。

リリーは黒猫を膝にのせて撫ぜた。明かり取りの窓から星空を見上げ、未来が優しくあることを願った。

※※

約束、といっても一方的に指定しただけの時間が近づいてきた。昴がいるのは、バイトとして勤めているプラネタリウムの二階にある制御室だ。

このプラネタリウムは小さな博物館に併設されているものだが、建物としては独立している。そして本日の上映時間は夕方で終了しているため、昴の他に人影は少ない。

昴は普段、この制御室で働いていることが多い。仕事内容はおもに機材管理や投影、上映するプログラム通称『番組』の制作、ときには音声解説の原稿を書くこともある。天文についての知識を生かすことができ、かつ接客や誘導を直接行うわけではないので、内向的な昴には向いた仕事であると言えた。今日も、ついさっきまで夏休みに上映する子ども向けの番組を制作していたのだが、その作業がいち段落した。

制御室の窓にかかったカーテンを開け、プラネタリウムの入り口付近に目を向ける。すっかり夜も更けており、そこに見えるのは警備員の男性の姿だけだった。

あの警備員には、事前に話してある。つまり、予定している時間に女性の訪問者が来るかもしれない。それは昴の友人なのでシアターのほうに通してほしい、という趣旨のものだ。

あのおじいちゃん、めちゃくちゃニヤニヤしてたよな。彼の表情を思い出し、昴はため息をついた。もともと顔馴染みの警備員だからああしたことも頼めたわけだが、

プラネタリウムを私用に、しかもデートに使おうとしているんだなこの兄ちゃんは。ほうほう、朴念仁のオタク君かと思ったが、やるじゃねぇか。うんうん。そういうことなら任せときな。あの顔はそんなことを言っていた。

絶対何か誤解している。

「……いや、誤解、ってわけでもないか」

昴は一度空咳（からせき）をして、そう呟いた。楽しいデートの会場というわけではないが、もともとロマンティックな告白の舞台として思いついたシチュエーションだ。あれから

事情が変わったが、時間もなかったのでそのまま待ち合わせ場所に指定させてもらっている。

でも、彼女が来るとは限らない。

もうそろそろ時間だ。昴は制御室をあとにして、シアターの客席に移動した。

客席に座り、曲面のスクリーンを見上げる。さきほどスタートさせた番組の上映が始まった。流星群などの特別な天体イベント無し、解説音声無し、ただ冬の夜空が美しく展開し、かすかなバイオリンの調べだけが流れるという内容だ。天文学習的な要素を省いたヒーリング系の番組、最近はこういうのも少し流行(はや)っている。

昴はリクライニングシートに座り、星空を眺めた。このプラネタリウムはさほどお金のかかった大掛かりなものではないが、最近の投影機はそれでも十分に性能がいい。

やっぱり、まず単純に綺麗だよな。

もう何度目かわからない同じ感想を抱いた。この気持ちは多くの人に同意してもらえるだろう。きっと、クロエにも。

冬の夜空をただ映すだけのこの番組を選んだのには理由がある。冬の天球にはおうし座があらわれ、おうし座にはプレアデス星団が含まれることだ。クロエが、好きだと言っていた星。

昴は、プレアデス星団を指さしてみた。こうして、番組の試写として上映を一人で観ることはこれまでもあったが、やはり今日は落ち着かない。なのに妙に頭だけは冴えている。

リリーが言った覚悟という言葉。その真意はわからない。だが何が起きたとしても、何を知ったとしても、受け止めるつもりでいた。

彼女は、来てくれるだろうか。

映し出される偽物の星空の下、色々なことを考えて、やがて考えることをしなくなり、また考えて。どのくらいの時間が過ぎたのかわからなくなったころ、その時がきた。

シアターの扉が開いて、わずかな光が差した。すぐに光は消えて、代わりに足音が聞こえる。硬質で乾いた音が、シアター内に小さく響く。

昴は立ち上がり、訪問者に目を向けた。席を離れ、通路まで出ていく。

訪問者は、クロエは昴と向き合う位置で足を止めた。手を伸ばせば、触れることができる距離、なのに、とても遠く感じられる距離。困っているようにも悲しんでいるようにも見える微笑み。昴はクロエの表情にアルカイックスマイルという言葉を思い出した。

「こ、こんばんは」

「こんばんは」

クロエは白くドレープのかかった、ドレスのような半袖のワンピースを着ており、とても幻想的に見えた。ここに彼女がいることに現実感がなく、しかし来てくれたことは嬉しくて。昴の舌がもつれた。

ここがスバルさんのもう一つの仕事場なんですね、とか。

場所はすぐにわかりましたか、とか。

一方的にお呼びしてすみません、とか。

綺麗ですね、とか。

本題ではない前置きの言葉をいくつか交わす。だが、それはどこか上滑りしていて、会話をしている感触がなかった。

「今日、クロエさんをお呼びしたのは、伝えたいことがあったからなんです」

昴はそう切り出した。とても怖い。彼女の目を見ていられない。星空を、つまりは天井のスクリーンを見上げて、続ける。

「クロエさんの事情はわからないですし、帰国されたあとのことや、今後のことなんかはまだ考えられないですけど、ただ、僕は」

　この先、もう機会はないのかもしれない。だから、これだけは伝えるべきだと思った。

　彼女の背後に輝くプレアデス星団に導かれるようにして、昴は――

「僕は、クロエさんのことが」

「待ってください。その前に私も、スバルさんにお話ししたいことがあるの」

　二度目だ。クロエはそう言って昴の言葉を遮ると、人差し指を自分の唇にそっと当てた。静かにしていてね、と子どもに諭すときのように。

「ずいぶん迷いました。スバルさんに本当のことをお伝えするべきなのかどうか。……最初は、何も伝えずに消えてしまおうと思いました」

　クロエは後ろ手を組んで、横を向いた。さっきまでの昴と同じように星空を見上げ、そのまま言葉を続けていく。

「ごめんなさい。もともとの予定通りに帰国するというのは、嘘です」

「……あ、えっと」

「最後まで、聞いてくれますか？」

　何かを言おうとした昴を、クロエはそう言って制した。穏やかな口調ながら、その言葉には有無を言わせない静かな重さが感じられ、昴は口を噤む。

「嘘をついたのは、そのほうがスバルさんのためだと思ったから。それと……多分、私のことを綺麗な思い出にしてほしかったから、嫌われたり、怖がられたりしたくなかったから……だと思います」

クロエが星を眺めているから、昴も同じく彼女が見ているそこに視線を向けた。彼女の言っていることが、よくわからない。何故、嘘をついていなくなることが綺麗な思い出に繋がるのだろう。自分がクロエを怖がるということがありうるのだろうか。

「でもリリーちゃんとも話して、また考えました。スバルさんは良い人だから、私に素敵な日々をくれたから。誠実でいたいと思いました。全部お知らせしたうえでちゃんとお別れしたほうがスバルさんのためだ、とも」

クロエはそう言って、昴に視線を向けた。その瞳は哀しいほどに澄んでいる。

「きっと言葉で伝えてもスバルさんはおわかりにならないし、信じがたいことです。だから……」

クロエはそこで一度言葉を止めた。そして、手にしていた小さなバッグからあるものを取り出す。あるもの。それは昴を混乱させるのには十分すぎるものだった。

「く、クロエさん……？」

一体どうしたというのだ。何故そんなものを。いきなりすぎる。ダメだ、あまり大袈裟に騒ぎ立ててはかえってよくない。クロエさんは動揺しているのかもしれない。危ない。

「お、落ち着いてください。危ないので、それは置いて。僕がイヤならどこかに行きます。だから……」

考えがまとまらない。ただ思うのは、クロエに累が及ぶ事態は避けたい、ということだけ。そのためなら昴が多少怪我をするくらいはかまわない。

混乱しつつも必死に頭を巡らす昴とは対照的に、クロエは穏やかだった。恐ろしいほどに穏やかだった。

「やっぱり、スバルさんは良い人ですね。でも、大丈夫です。私は、大丈夫なんです」

クロエは手にしたもの、ナイフを自身の手首にそっと当て、それから。

「やめっ……！」

駆け出した昴を待たず、クロエは微笑を浮かべたままナイフを勢いよく引いた。

「な、なんてこと……」

見ればわかる。明らかに深々と切っている。それも、太い血管が通っている手首をだ。

細く白い手首にナイフが引いた赤い線。それがじわりと広がり、数秒ののちに飛沫へと変わる。血液が噴出している。暗いプラネタリウムの中でもそれとわかるほどの量の血、それが淡い星光を受けて床に影を作ってさえいる。昴には医学的な知識はないが、明らかな致命傷だということくらいはわかる。

昴は慌ててジャケットを脱ぎ、クロエに駆け寄った。当然だがパニックになっている。だがこのままにできるわけがない。傷口を押さえて、救急車を呼ぶ。それしかない。

クロエを抱きとめ、手首の傷を確認する。圧迫するために、彼女の手を取る。

その間、クロエは表情一つ変えずにいた。

「ごめんなさい。心配しないで」

ただそう口にした瞬間だけは、わずかに目を伏せた。長い睫毛に隠されたクラインブルーの瞳に、怯えの色が混じる。

瞬間。昴の目は不可思議な光景を捉えた。彼女の手首に刻まれた痛々しい傷口が、みるみると修復していく。まるで時間が逆行でもしているように、赤い線は白い肌へと変わっていく。床やシートに飛び散ったはずの血液が、霞のように消えていく。

「こ、え、……なに……？」

まるで、マジックでも見せられたかのような感覚。だが、すっかり消えてしまった血の匂いや、この目で確実に捉えた傷口の変化、そしてなによりクロエの表情が伝えてくる。

このマジックには、種も仕掛けもないということを。

何が起きたのかわからない。この前、リリーと電話で話したときに覚えたのと似た違和感がある。これは、昴の理解と知識を超えた現象だ。

しばし茫然（ぼうぜん）として、ようやく自身がクロエを抱きかかえたままだということに気が付いた昴は、おそるおそる彼女と目を合わせた。

クロエはゆっくりと昴の手を払い、一歩後ろに下がってからこう口にした。

「これが私の隠していた秘密、スバルさんに伝えたかった、本当のことです」

意味がわからない。全く意味がわからない。

リリーが言っていたことが頭によぎる。

『世の中には、頭のいい学者先生も知らないことがたくさんあるんだ。それは、あんたの知っている世界や常識を破壊するかもしれない。覚悟っていうのは、そういう意味さ』

これが、それなのか。

何も言えないままでいる昴に、クロエは眉尻を下げた。

「私は死ねないんですよ。それに、年を取ることもありません」

静かに告げられる衝撃的な内容。それが事実であるということがわかってしまう。

昴は硬直し背中に汗をかきながら、ただ彼女の言葉を聞いていることしかできなかった。

クロエは、まるで何かに急き立てられるように続けた。

「不思議に思いませんでしたか。スバルさんと出会って何か月もたつのに、私の髪は少しも伸びていません」

そんなことは、思いもしなかった。ロングヘアの女性の髪が伸びる速度など、昴にわかるわけもない。

「私の日本語、変でしょう？　以前、日本に来たのは五十年以上も昔のことです。この言葉遣いはそのときに覚えたものなのよ。おばあちゃんみたいじゃないかしら」

それは何度か感じたことがある。古風な話し方だな、と思った。それはまさにその通りだった、ということなのか。

「リリーちゃん……。リリー・マリヤと出会ったのはあの子がまだ幼いとき。世界中を逃げるように転々として、とても久しぶりにイングランドに住んでいたころのことよ」

リリーは若々しいが、どう考えても高齢者だ。そんな相手をちゃん付けで呼ぶ理由。幼いとき、というのは一体いつのことなのか。

「リリーちゃんの家系には不思議な力があるの。マリヤ家の方々には、ずいぶん助けてもらったわ。だって、私には本当の戸籍も国籍もないんだもの」

家系、という表現をしたということはそれはリリー個人に対してではなく、その先祖すらも指すことになる。そう気が付いた昴は、息をのんだ。

クロエは、ワンピースの右の袖を少しだけめくった。そこには砂時計のような形の模様、刺青にも痣にも見えるものがわずかな光を放っていた。禍々しさを感じさせる、薄い光。

「こうなったのは、私が禁を犯したために受けたこの呪いのせい。もう、千年も前のことになるわね」

砂時計が刻まれた二の腕を触りつつクロエが口にしたのは、昴の予想を遥かに超えた年月だった。

千年前、十一世紀。東ローマ帝国、十字軍遠征、イスラム天文学といった単語が昴の脳裏をよぎる。いずれも歴史の教科書に出てくるものだ。クロエはイングランドの出身だと言っていた。イングランドがデンマークとノルウェーをあわせ、北海帝国と呼ばれた時代。昴が以前読んだことがある、バイキングの戦いを描いた漫画の時代だ。

彼女は、そんな時代の貧しい村の生まれだというのか。

信じられない。目の前にいる、若い女性にしか見えない人物が、遥かな歴史の流れをたどってきたとは、思えるはずがない。

「色々な土地で暮らしてきたわ。だけど不老不死の女だもの。町で過ごしていると色々な問題が起きるの。だから、今回リリーちゃんに助けてもらって日本に来る前は、誰もいない山奥の小屋で一人で暮らしていたわ。洗濯機なんて便利なものができたことも知らなかった」

口元を押さえて笑うクロエ。それは、自嘲に見えた。

彼女がそんな風に笑うところを、昴は初めて見た。

洗濯機の存在を知ることすらできないような土地で、たった一人で生きる。そうせざるをえなかった人生。想像がつかないほどの孤独。

何か言わなくてはならない。そう思っても、昴は何も口にすることができないでいた。

「そして、私はこれから先も年を取らず、死ねない。この星が終わるその日まで」

クロエは軽くそう言ったが、昴にはそれがどれほどの年月を指すのか、具体的にわかる。それは人の身では永遠に近しい時間の先だ。

「これが、本当のこと。だから限りある命を生きるスバルさんとは一緒にはいられないの」

星明かりだけがあるプラネタリウムは薄暗く、俯いたままそう言ったクロエの表情が昴にはよく見えなかった。

「それだけ。……どうぞ、お元気で」

お辞儀をしたクロエは、いまだ固まったままの昴からゆっくりと離れた。踵を返しシアターの出口へと向かうその背中はとても小さくて、そして寂しそうに見えた。

昴は拳を握り、だが何を言うべきかわからず、彼女に声をかけることができないでいた。衝撃と混乱で掻き乱された心、それをどうにかしなければと考える思考。

ダメだ。このまま行かせちゃダメだ。それだけはわかる。クロエさんと会えなくなってしまうとか、それだけの問題じゃない。今、何の言葉も交わさないまま別れてしまえば、きっとクロエさんは傷つく。当たり前だ。きっととても勇気のいる告白だったはずだ。それなのに、ただ驚き震えて固まっているだけ。そんな反応は、彼女を拒絶しているのと同じだ。異質な存在として怯えられるということはきっと哀しいことだ。

今夜、クロエさんはずっと微笑んでいた。でもその笑顔は泣いているように見えた。

怖いですよね、無理もないですよ、ごめんなさい。そう言っているようだった。

痛くないはずがないのに。

不死身、不老不死。それは僕の知識や世界観をひっくり返すような事象だ。それは認める。だがそれを受けて、僕はクロエさんのことをどう思っているのか。知る前と後で、気持ちは変わっているのか。大切なのは、そこじゃないのか。

そうだ。僕は今、彼女の助けになりたいと思っている。不思議な力を持つというリリーのようにはいかないが、それでもできることはあるはずだ。

「……っ！」

昴は呼吸を止めて駆け出していた。言葉は何も浮かばない。だがこのまま彼女を一人で行かせたくないという思いだけがあった。

「待ってくだ……」

振り向かないでいるクロエの肩のあたりに手をかける。女性に断りもなく触れるなど普段の昴なら考えもしないことだが、気が付いたときにはそうしていた。

そんな自分に驚き、触れた手の先に視線を向ける。そこには、つまりクロエの右腕にはさきほど彼女が昴に示した痣があった。

砂時計のようなその形が怪しく光り、同時に昴の目にはどこかの光景が映った。

それはまるで、心の中に直接注ぎ込まれるように。

体験したこともない出来事の記憶が、途切れ途切れにフラッシュバックしていく。


最初はどこかの村。衣服や家々の様子で、そこが現代ではないということがわかる。きっと寒い場所だ。クロエは、今と変わらない姿のクロエはそこで暮らしていた。村人たちは仲が良く、クロエには幼い妹がいる。

その村にはどこかリリーに似た中年女性が住んでいて、彼女は不思議な力を持っていた。クロエは彼女に仕えており、その手伝いのような仕事をしていた。薬草を取ったり、料理をしたり、縫物をしたり、そんなことだ。

貧しくも素朴な暮らしはときに厳しく、しかし幸せがあった。

唐突に場面が切り替わる。

クロエの妹が、死んだ。事故だった。好奇心から普段は立ち入ることを禁じられている森に分け入ったためだった。冷たくなった妹の体を抱き、クロエはむせび泣く。

避けることのできた死だった。自分がもっと強く妹の行動を諌(いさ)めていれば、こんなことにはならなかったはずだ。慟哭の果てに、クロエは禁を犯す。仕えていた女性、リリーに似た彼女は魔女だった。それは小さな村の誰もが知っており頼りにしていたことだが、なかでもクロエは特別だった。なにしろ助手をしていたからだ。

クロエ自身には不思議な力はない。だが、魔女が持つ道具がどのような力を持っているかは知っていた。クロエは魔女に懇願した。あの道具を、つまりは『砂時計』を使えば、妹を救うことができる。

魔女は決してそれを許さなかった。『砂時計』はこの世に一つしかなく、また一度しか使えないものだがそれが理由ではない。時を遡ることは摂理に反しているから、そして『砂時計』を使った者の命はこの星の終わりまで続くという呪いを受けることになるからだ。

クロエは、隙をついて『砂時計』を盗み出し、それを逆さに置いた。やってはいけない、とされることを、した。呪いを受けることも覚悟の上だった。

時が遡り、妹がまだ生きている世界にクロエは戻ることができた。右肩にできた砂時計の痣とともに。

禁を犯した報いとして、クロエの時は凍った。最初は、そんなことはどうでもよかった。再び妹を抱きしめられたことだけが大切なことだった。自身が受けた呪いは誰にも話さなかった。いつか妹が事実を知った際に心を痛めることだけが怖かった。

時が流れる。

妹はすっかりクロエより老けて、年上の村人たちの多くが死んでいく。気候が変わったのか冬が厳しくなり、村を去る者も増え始めた。魔女は、旅に出た。

クロエは何も変わらなかった。若く、美しいままだった。それを、恐ろしいと思う者や不気味に感じる者もあらわれた。当然のことだ。親しかった人たちは次々にいなくなっていく。クロエは村はずれで一人暮らしを始めた。

やがて、すっかり老人となった妹は死んだ。今度こそ本当に死んだ。置いていかれて心臓が千切れるほど痛んでも、クロエは何も変わらない。

『砂時計』の呪いを解く方法は知っていた。ただ、それは不可能なことだ。『不滅の者と愛しあうことで、凍った時は溶けだす』。不滅の者というのはつまり、クロエ自身のような不老不死の人物ということになるのだろうが、そんな人はいない。だから。生きていくしかなかった。

時が流れる。

クロエが住んでいた村はなくなった。北海からやってきたバイキングによる略奪のためだ。村人たちは皆殺しにされ、食料は奪われ家は焼かれた。だが、クロエだけは死ななかった。口にしたくないような扱いを受けたあげくに最後は刃で胸を貫かれ投げ捨てられたが、しばらくすると元通り。ただ一人だけ、積み上げられた死体の山の中から立ち上がった。

時が流れる。

生まれ育った村はすでになく、クロエは一人放浪した。ときおり、あのときの魔女の子や孫だという人物が接触してくることもあり、その助けを借りることもあったが、頼りすぎては必ず迷惑をかける。やはり同じ土地に長くいることはできない。

奴隷として売られたこともあるし、異端審問官に火炙り（ひあぶ）りにされたこともある。だがクロエは死ななかった。

刺されれば痛いし、焼かれれば熱い。だから叫ぶ。それでも痛みは消えて、体は綺麗になる。髪はいつまでも伸びず、日焼けをすることすらない。子をなすことも不可能だろう。

頭がどうにかなってしまいそうだった。

時が流れる。

戦争、革命、戦争、革命。クロエにはよくわからないことで世界や町が変わっていく。クロエは変わらない。飢饉が起きれば人は飢えて死ぬ。だがクロエは死なない。人が増え都市ができてくると、短い期間だけであればそこに紛れて普通の人のように暮らすこともあった。高名な画家に肖像画を描かれたこともある。画家も死んだ。

世界はあまり平和ではないので、何度も普通の人間なら死ぬような目にあった。そのときは痛く、熱く、苦しい。だが驚くべきことに、そうしたことには慣れた。辛さを感じにくくすることができるようになった。

一方、慣れることのできないものもある。

それが別離の辛さだった。これだけ長く生きているから、クロエと普通に接してくれる人々も少ないながらもいた。親しくなれた人もいる。愛しあえた人もいる。だが、その人たちは一人残らず全員、クロエより先に死んでいく。そこには何も残らない。

遺体の前の自分は何も変わらず、いつも取り残される。

そして死んだその人たちはやがて生きていた痕跡すらも消えていき、存在していたのだということを忘れられていく。恐ろしいことに、残されたクロエの記憶の中でさえも少しずつ姿が薄れていく。クロエ以外のすべてから忘れられたその人が、幻だったように思えてくる。たとえどんなにそれを拒んでも、愛した人々は時に流されていなくなる。

耐えがたかった。愛が深ければ深いほど、心を抉られてしまう。刃物や炎の痛みなど、この傷の比ではない。自分が孤独なのだと、たった一人なのだということを強く思い知らされる。何度も、何度も。

温かさを失うことが辛くて、辛くて、こんなに辛いのなら、最初から温もりに触れるべきではなかったと思う。首をはねられても死なない自分にとって、別離こそがギロチンの刃なのだ。

同じ時を過ごし、年を重ね、ともに生を終える。それができない自分は、愛を全うすることができない。無限に繰り返される死別が恐ろしくて、胸が張り裂けそうで、もう誰とも親しくなるまいと思う。なのに一人が寂しい。だから愚かなことを繰り返す。

心が摩耗していき、枯れていく。死にたい。私が、死にたい。愛を残して、死にたい。

時が流れる。

文明や技術が進み、世界のあちこちに移動するのが昔よりたやすくなった。イングランドで出会った少女は頼れる老人になっていて、彼女の助けで久しぶりに日本にやってきた。

二度と繰り返さない。誰も愛さないし、誰からも愛されたくない。

それを失う軋みに、一人残される絶望に、もう耐えられないから。

限りある命は輝いている。私の命はくすんでいる。

別れたくないから、寄り添わないと決めた。なのに——


「——ぅあっ！」

一瞬、なのに永遠のように感じられた記憶。触れたクロエの痣から洪水のようにおしよせたそれに、昴は声を上げた。熱いものを触って火傷したような、あるいは極低温で凍傷を負ったような痛みを覚え、手を引く。

「……これ、は……」

左手で、彼女に触れていた右手を押さえる。わかる。わかってしまう。今のは、クロエがたどってきた歴史。時の牢獄に囚われ人の理を超えた千年の物語。その一部が、昴に流れ込んできたのだ。

視線を上げ、クロエと目が合う。今昴に起きた出来事を彼女も知っているのかどうかはわからない。諦め、悟り、恐れ、そのすべてが混ざり合い濡れた瞳が、昴を見つめた。

「私を救えますか？」

昴に答えられるはずがなかった。

「ごめんなさい。貴方(あなた)を好きになるのが怖い。私は、もう誰のことも愛さないと決めたんです。スバルさんとも……もう二度と、お会いしたくない、です。だから」

昴は何も言えない。言えるはずがない。

「行くの」

今度は、追いかけることができない。助けになれることが、なんて思った数分前の自分の呑気さに吐き気がする。どんな痛みや苦痛よりも死による別れが辛いという彼女に、誰よりも孤独に怯え、誰よりも愛と死を望む彼女に、限りある命しか持たない自分にできることなどあるはずもない。自分は、父が作った古ぼけた天体望遠鏡と同じように消えていく存在にすぎないのだから。

人が本当に死ぬのは、誰の記憶からもその人がいなくなったとき。目の前にいるこの人は『本当の死別』を何度も何度も体験してきたのだ。

「スバルさんが天文学の世界で成功することを祈っているわ。世界のどこかにいる私が、いつかスバルさんのニュースを耳にするの。素敵でしょう」

祈るように両手を組むクロエ。その言葉はあまりにもピュアで、だがそれは昴には遠すぎて、頷くことすらできない。

「さよなら」

プラネタリウムが映し出す冬の夜空。おうし座が輝き、偽物にしては美しすぎる満天の星。クロエの頬を伝う一滴が、その一つに見えた。

彼女はプレアデス星団の明かりが届かない所へ、消えた。

※※

プラネタリウムでクロエと話したあと、昴は自分がどうやって帰宅したのかを覚えていない。ただぼんやりと、あるいは何かを考えながら、何時間も夜を歩き、立ち止まり、座り込み、いつの間にかアパートに到着していた。

夜の間ずっと外にいたはずなのに、どんな星が出ていたのか思い出せない。いや、そうではない。夜を通して一度も空を見上げていないのだ。それは記憶にある限りの昴にとって、初めてのことだった。

限りある命を強く自覚したためか、悠久の輝きを放つ星から目をそらしていた。それを見るのが、怖くなったのかもしれない。

住み慣れたアパートの、見知らぬ時間帯。一階にあるベーカリー『ZUZA』は開店準備をしていて、空が白み始める早朝だ。とても、仕事に行ける状態とは思えないので、あとで病欠の連絡をしようと決める。

部屋に戻り、顔を洗う。ちょうどいつも通りの時間に起きてきた薩摩がトイレに行くのを見送り、冷蔵庫に入っていた烏龍茶（ウーロンちゃ）を飲み、疲れ切った体をソファに沈ませる。

おかしかった。あれほどショッキングな話を聞いても、それが事実だと感じていても、大切だと思っていた人が遠くに行くことを止められなくても、自分は疲れを感じて喉が渇く。そして今後も働いて糧を得なくてはならないから、仕事を無断で休もうとしない。

生きているから、体が生きていこうとするから。永遠の存在であるクロエとは違うから。

「……なんだよ、これ。なんなんだよ、これ」

何に対して、何を問うているのか。自分でもよくわからない独り言を呟く。両手で目を覆い、ソファの背もたれに体を預ける。

「キミが朝帰りとは珍しいな。やはりショックだったのかい？」

トイレから出てきた薩摩が、これまたいつも通りにキッチンでお湯を沸かしながらそう尋ねた。だが、そのセリフはいつも通りのものではない。

　やはり？　やはりと言ったのか？

「……何か、知ってたのか？」

「昨日のニュースは目にした。以前、キミの観測提案のアイディアを聞いてからは天文学の領域にも少しアンテナを広げているんだ」

　何か、話がズレている。だが、それで当たり前だ。いくらなんでも、昴が知らなかったクロエのことを薩摩が知っているはずがない。薩摩は何か、別のことについて話している。それも昴がショックを受けるような出来事について。

「ボクは天才だから、今回のキミのような経験はない。しかしおそらく落ち込むようなことなのだろうとは推測している。ゆえに今朝はキミに紅茶を淹れてあげよう。マルコ・ポーロはどうだい？　甘くて落ち着くよ」

　薩摩はナイトガウンを着たまま茶葉を選び始めた。薩摩はどんなときも薩摩なので、昴に共感するようなことはない。いつでも傍若無人で冷静だ。だが、昴が落ち込んでいたりすると、紅茶を淹れてくれることがある。それは彼が定めた友人付き合いのルールなのだろう。ただこれが発動するのはかなり珍しく、よほどの事態が起きたのだと推測される。

「薩摩……？」

「うん。やはりプランス・ドゥ・コロンボのほうがいいかな。何、気にすることはない」

「いや、お前が何を言ってるのかわからないんだけど。ニュースってなんだよ？」

昴がそう尋ねると、薩摩は片方の眉を上げて怪訝な表情を見せた。

「なんだ知らなかったのか。では落ち込んではいないんだね。やはり紅茶はボクの好きなものにしよう。キミは下であの薄いコーヒーでも買ってくるといい。ああ、ボクのクロワッサンも頼む」

薩摩は無表情だが、これでいつも通りの朝だと安心しているらしい。天才は世俗や友人のことに煩わされることを好まない。

昴としても、今はこれ以上新しいことに悩みたくなどないという気持ちもある。しかし、薩摩の言い方は気になる。それに、逆に言えば何か衝撃的なことが他にもあるのならまとめて知ったほうがラクなのかもしれない。いっそ殺してくれ、なんてことを考えてしまう。

「いや待てって。僕が落ち込みそうなニュースっていうのを話せよ」

「何、たいしたことじゃない。キミの着想した観測提案とほぼ同様のものが他の研究チームから提案され採用されたってだけのことさ。詳細を送ろう」

　薩摩は日ごろから行っているアニメのネタバレでもするようなあっさりとした口調でそう告げた。あわせてスマホを操作した。昴のアカウントにＵＲＬを送信したらしい。

「……は……？」

「クロワッサンはあと十五分で焼き上がりだよ」

　この話題は終わり。薩摩はそう言いたそうだが、そんなわけはない。クロエと別れたざわめきが残る心と徹夜でフラフラの頭でも、今聞いた話は聞き流せるようなことではなかった。

　昴は薩摩を無視し、スマホを取り出した。昨夜から一度もチェックしていなかったスマホには中村教授からのメッセージがいくつか着信している。終業後や休日に連絡をしてくることがほとんどない彼からの履歴が、薩摩の話に異様な説得力を与えていた。

「……これ……」

　薩摩から送られてきたＵＲＬは、海外の科学専門誌が配信しているＷＥＢ記事だった。世界的に信頼のあるこの専門誌に書いてあることにガセネタがないことは専門家の間にも知られている。昴は、スマホの画面をスクロールした。

英語は読めるが、日本語ほど早くは内容が読み取れない。

だから少しずつ、じわじわと。記事に書かれた内容が、昴の中にある何かを浸していく。


目に入る単語や一文に、スマホを持つ指先が震える。

インド工科大学の研究チーム、ヨーロッパ南天天文台、最も遠い、原初の銀河の発見に向け、赤方偏移12以上、JWST観測データ、銀河の形成に新説、観測を予定。

ここに書かれていることはつまりこういうことだ。

昴が所属しているプロジェクトチームは後れを取った。より遠く、より古い銀河を見つけ出し、宇宙の成り立ちの謎の一部を解き明かす。世界中の天文学者たちが競争しているテーマである以上、他のチームに先を行かれるのは予想できないことではなかった。だがこれはそれだけの話ではない。

このインド工科大学はいまだ発見されていない銀河を見つけるべく、近く観測を行う。ある日時の、ある天文台で、ある天域を狙ってだ。それは、昴が着想し、今まさに精度を高めるべく努めていたものとほぼ同一の根拠とデータに基づく同一の提案だった。その提案はすでに論文として発表され、天文台や学会に認められていくのだろう。

つまり、これから昴が同様の観測提案をしても、それは無意味なものになるということ。昴の所属するプロジェクトチームは方針を失うことを意味する。

「やられた……」

もちろん、パクられた、というような話ではない。同時代の研究者が同じような発想に行きつくのは珍しい話ではないからだ。

「昴、大丈夫かい？」

薩摩は落ち着かない様子でそう尋ねてきた。

「ああ。いや……。どうだろう」

大丈夫なのか大丈夫じゃないのか、昴にももうよくわからない。天文学それ自体の発展を考えるのなら、悪いことでもない。大切なのは知が積み上げられていくこと。誰がそれを積んだのかは二の次。そういう考えもある。

正直に言えば、ああ、やっぱりな、とも思う。自分ごときが初めて摑めるようなものは天文学の世界にはないのだ。どこかで、当然だとも思う。諦念は、最初からあったのかもしれない。

このチームの観測は上手くいくのだろうか。そして新たな原初の銀河は見つかるのだろうか。もし見つかったとしたら、自分はどんな気持ちになるのだろうか。

もっと現実的な問題もある。今このタイミングでまたやり直すことになった僕らのプロジェクトチームはどうなるのだろう。また何年もかけて手を伸ばすのか。任期付きの特定准教授にすぎない自分は、プロジェクトにそんなに先まで関わることができるのか。

いやそもそも。

「僕は、どうしたいんだろうな……」

もともと僕は燻っていた。天文学者として、いや、人生そのものが。この数か月、前向きになって頑張れたのは、いや前向きになれた気がして頑張ったつもりでいたのは、クロエと出会ったからだ。冴えない自分を少しでもマシにしたくて、彼女と寄り添える人間になりたくて。でも、それは最初から無理なことだった。多少は成果が出て、評価されたかと思った天文学の仕事でも、結局は何にもならなかった。

銀河も、彼女も、あまりにも遠い。どれだけ手を伸ばしても、このちっぽけな自分では届かない。

「考えようによってはこれは好ましいことだよ、昴。そもそも研究者というのは

……」

薩摩が何か喋っているが、耳に入ってこない。

僕はハッブルやホーキングにはなれない。わかっていたはずだ。限りあるこのちっぽけな命はいつか失われ、何も残すことはなく誰かに何かを引き継ぐこともない。クロエがかつて触れ合った人々のように、広大な宇宙の悠久な時の流れの中に消えていく。

彼女が言った言葉が改めて深く突き刺さった。

折れた音がした。

『スバルさんが天文学の世界で成功することを祈っているわ。世界のどこかにいる私が、いつかスバルさんのニュースを耳にするの。素敵でしょう』

祈りに似たそんな希望は果たせそうにない。何よりも自分自身がそんなことはできるはずがないと感じている。ずっと、感じていた。それにはっきり気づいた。

僕は、そんな人間だ。

昴はただ項垂（うなだ）れ、もういない彼女に心の中で詫（わ）びた。

もう二度と、このソファから立ち上がれない気がした。

いつか、彼女を殺せますように

時が過ぎるのが、やたらと早い。ここしばらくの昴はそう感じる瞬間が増えた。銀河を見つけるプロジェクトは遅々として進まず、昴自身も新たな発見や着想は得られていない。それでも仕事なので大学には行き、研究室でデータと格闘し、学生への講義も行う。奨学金の返済や生活の都合からプラネタリウムのバイトに入る回数を増やし、終われば家に帰って寝る。そして朝になればまた大学に向かう。休みの日には適当に休む。

彩りもときめきも、熱くなることもないそんな日々は、大量の宿題をこなしているだけで消化される夏休みのようだった。

あれから、クロエとは会っていない。今どこにいるのかもわからない。きっと、国内にはいないのだろうという気がする。リリーとは、一度会った。それは偶然によるものだったが、招かれたので彼女の家を訪ね、話を聞いた。

クロエが受けた呪い、魔法使いであるリリーとその先祖。いずれも、理屈で考えるとまるで御伽噺のような話。なのに事実であると認めざるをえない話。リリーには釘を刺されたが、もとより昴はこの話を口外するつもりはなかった。誰も信じないだろうし、そもそもクロエやリリーに迷惑をかけたくない。

　クロエの呪いを解く方法についても聞いた。

曰く。呪いは真実の愛で解けるものさ。御伽噺の定番だろう？　だがクロエが受けた呪いにはそれにやっかいな条件が付く。『不滅の者』と愛しあったときにのみ、凍ったクロエの時は再び動き始めるんだよ。

　それは、昴がクロエの腕にある痣に触れた瞬間に流れ込んできたイメージの中でも語られていた方法だった。不滅の者。永遠の命を持つ者。クロエと同じ誰か。

　改めて話を聞いた昴は、その『不滅の者』とやらを探し出すことを考えた。だが、冷静になればそれが自分には過ぎたことだと思う。千年を生きたクロエや、魔法使いであるリリーの一族がこれまで出会えなかった相手に、簡単に出会えるとは思えない。

　仕方がない。最初から、僕にはどうすることもできないことだったんだ。

　あの数か月は、ひとときの夢のようなものだった。僕のような凡人には関わることのできない運命。それに何かの間違いでわずかに触れてしまっただけのこと。

　俯き、唇を噛み、昴は受け入れた。忘れることが一番いい。もう二度と会いたくない、クロエもそう言っていた。仕方ない。仕方がないんだ。

そして、また日々は飛ぶように過ぎていった。夏が過ぎ、秋がきて、冬が始まろうとしている。昴はそのことをカレンダーを見て知った。ああもうこんな時期なのか、というふとした瞬間の気づきを、壁にかけられている紙に書かれた暦で知ったのだ。こんなことは、記憶にある限り初めてだった。

クロエがいなくなる前の昴は毎晩空を見上げていた。学術的な意味のある観測、ただの趣味としての観測、そのどちらでもなくてもただ空を見上げた。星座の移り変わりを毎日感じて、過ぎる季節を思った。でも今年はそうではなかったということだ。もう長いこと、星を見ていない。もちろん、研究で必要なデータの観測はするし、プラネタリウムの試写は観ている。だが、この瞳で夜の上に輝く光を見ていない。そんな気分になれなかった、見るのが怖くなった、きっとどちらも正解だ。天文学者として折れてしまった自分、限りある命しか持たない自分。そんな自分には、いつもいつまでも輝く星々は、眩しすぎた。

特定准教授である昴の任期もあと数か月。プロジェクトに結果を出せていない観測屋の天文学者の任期が更新される可能性は限りなく低い。来年度からの仕事の心配をしなければいけなくなったころ、ちょうどいい話がきた。

バイトをしていたプラネタリウムの伝手で、ある会社から正社員にならないかと誘われたのだ。と、いってもプラネタリウムの開発メーカーではない。あまり一般には知られていないことだが、プラネタリウムで流すプログラム、通称『番組』の制作を行う会社はいくつかあり、昴が誘われたのはその制作会社の一つだった。

悪い話ではない。さほど大きな会社ではないが、なんとか取得した博士号も多少は生かすことができるし、なによりちゃんとした仕事だ。なのに何故か受けることを即答できず、返事を引き延ばしてしまった。

そうこうしているうちにもさらに時は過ぎ、誘われた会社への返事や研究者としての希望を出す期日が間際に迫った。そんな、夜のことだった。

「昴、少し話があるんだが。いいかい？」

夕食を終えて、食洗機に入らない食器を洗っていた薩摩がふいにそんなことを口にした。

「？　あらたまってどうしたんだよ。なに？」

昴は食器洗いをしない。異常なほどピカピカの食器以外認めない薩摩に係を解任されているからだ。だからそのときはぼんやりとテレビを見ていた。薩摩は蛇口をひねって水を止め、専用の布で食器を拭き清めはじめている。

「大事な話だ」

「あ、ああ。わかった」

「どうだい。久しぶりに屋上にでも出ないか」

「今から？」

「今から」

もう間もなく薩摩が絶対順守する就寝時間である。奇妙に思ったが昴は薩摩の言葉に応じて、八階のさらに上にあるアパートの屋上に上がった。

「寒いな……」

昴たちが五階に住むこのアパートは自由に屋上に出ていいことになっている。ちょっとしたベンチなんかもある。夏場であれば近くで上がる花火や流星群、それに海を見るのにちょうどいいので、住人の姿があることもあるが、さすがに真冬の今はそんな物好きはいないらしい。薩摩と昴以外には。

「で、話ってなに？」

「うん」

薩摩は珍しく即答しなかった。ベンチに腰かけ、いつも通りの無表情で何か考え込んでいるようだ。仕方がないので、昴は隣のベンチに座った。薩摩は空を見ているが、昴は海を見た。

そういえば、このアパートに越してきた初日も二人で屋上に来たな。ちょうどしし座流星群の夜で、直前まで嵐だったのが急に晴れた。それで妙にテンションが上がった自分が薩摩を誘って星を見に来たのだ。昴はそんなことを思い出した。

昴が湘南文化大学で任期付きの准教授として働くことが決まったあと、薩摩はカリフォルニアの大学から移籍してきたのだ。教授という立場自体は海外にいたときのものが引き継がれるが、若い薩摩は日本国内の大学では収入が下がる。それを考えればかなり物好きな決断といえるが、薩摩は普通ではないのでそういう決断をすることもあるのだろうと考えていた。彼自身は数学はどこでも研究できる。海外の食事はよくお腹を壊すので国内に来てみた、と言っていた。

もともと幼馴染だし薩摩の世話には慣れているので、ルームメイトとなった。それから、数年がたつ。なんとなく、薩摩も同じようなことを思い出しているような気がした。

「昴、ボクはここを出るよ。引っ越す」

ぽつり。薩摩は無表情のままそう口にした。なんとなく、いつかはこういう日がくるのだろうな、とわかっていたように思う。

「そっか。ひょっとして店長さんと一緒に暮らすのか？」

「よくわかったね」

「そりゃわかるよ」

信じがたいことだが、薩摩は三か月前からベーカリー『ZUZA』の店長と付き合っている。その過程は昴も知っているがそれだけで一冊の恋愛小説にできそうな、なかなかドラマティックな展開だった。と、いってもほぼコメディになるが。

自分たちより三つ年上の店長は、ガサツで声がデカくて元気で、薩摩や自分とは対極にあるような人物だが、優しい人だ。一方、薩摩は薩摩なのだが、これで純粋で真面目だと言うこともできる。意外とお似合いなのかもしれないと思っていたし、あえて薩摩には言っていないが昴は二人のことが嬉しかった。祝福していた。

「これで僕も薩摩のお世話係を引退できる。せいせいするよ」

これは昴の皮肉だが、本心でもあるし、強がりでもあった。

「彼女への引き継ぎは細大漏らさず頼む」

驚くべきことに、薩摩のセリフは皮肉ではない。

「はいはい。しかし、となると僕はどうしようかな。ここでそのまま住んでもいいけど、家賃高いし、部屋が無駄だな。引っ越しを検討しよう」

「それは困る」

「なんでだよ」

「ボクはあの部屋が気に入っているんだ。気軽に遊びに来られる環境を維持してくれ。天才の閃きには環境が大切だということを考えれば、数学界のためでもある」

昴はため息をついて笑った。なんて自分勝手なヤツだ。

「いや僕はお前より収入が少ないんだぞ。それに今の大学は来年から職場じゃなくなるかもしれないし」

昴は薩摩のような天才でもなければ正規の教授でもなく、奨学金が免除されてもいない。薩摩の要望に応えたい気持ちも多少はあるが、現実は現実である。

「そこだよ」

薩摩は空を見上げるのをやめて、昴のほうに眼差しを向けた。

「どこだよ」

昴は薩摩から目をそらして立ち上がり、屋上の柵にもたれた。

「おそらくは例のインド人研究者に後れを取ったことが原因なのだろうとはわかるが。最近のキミはよくない傾向にある」

「それはどうかな」

いつか言われたのとは真逆な薩摩の指摘に、昴は首を振った。傾向というのは一時的な状況を指す言葉だ。だが昴はもともとこういう人間なのだ。どうしようもない、ザコだ。

「プロジェクトを成功させて天文学者として身を立ててくれ。そうだ、それから本を書いてもいいな。そうすれば家賃も払えてここを維持できる。ゆえによくないその傾向は脱してくれ。だってキミは……」

あくまでも自分本位な薩摩の希望に、さすがに昴は腹が立った。僕だって色々考えている。色々考えてきた、自分なりにやってきた。そのうえで今はこうなんだ。お前にわかるわけがない。お前みたいな優れたヤツに、永遠の存在から拒絶されたことのないヤツに、何がわかる。

昴は苛立ちをそのまま声にした。

「キミはなんだよ？」

「キミは、そんなヤツじゃないだろう！」

そう言って立ち上がった薩摩の声は、長い付き合いの昴でも初めて聞く大声だった。

怒りをあらわにした表情だった。

「……は？　どういう意味だよ」

薩摩は、自分の出した声のボリュームに驚いたらしい。びくん！　と体を硬直させ、それからまた無表情に戻った。

「ボクはキミを尊敬している」

「何言ってんだよ。おかしいだろ。今まで散々、才能がないだの凡人だの言ってきたくせに」

「？　それは事実だ」

けろっとした物言い。誰よりもそれを自分で知っていて、だからこそ絶望している事実。認めたくないが、昴は薩摩にコンプレックスがある。幼馴染でともに研究者である相手が天才なのだから仕方がない。だがだからこそ薩摩にだけは言われたくないことがある。

コイツのことはいつか殴ってやろうかと思っていたが、それが今かもしれない。

「いや、だから、それなら何が尊敬だよ。おかしいだろ」

「いいや、ボクはキミを尊敬してきた。ずっとだ」

淡々と、だが瞬き（まばた）もせずに続けられた薩摩のセリフに、昴は拳を握るのをやめた。

薩摩は、深く息を吸った。昴は知っている。これは、薩摩が証明問題を口頭で説明する前にやる仕草だ。すなわち、長々と喋る前の予備動作だ。

「昴。キミはすごい。最初に思ったのは子どものころだ。キミは、ボクが五分で解けた物理の問題をまるで理解しなかった。だが、二か月もその問題を考えて、答えを出した。ちなみにその答えは間違っていたよ。

それからオジサンが亡くなったあと、キミの家の工場は閉鎖され、天文学を教えてくれる人がいなくなった。だがキミは一人で図書館に通いつめ、飽きもせずずっと学んでいた。その理解の遅い頭脳で何年もだ。

ボクが才能を認められ渡米したころ、キミは受験生だった。たかだか日本の進学高校に受かるために努力を重ねて、しかし第一志望には落ちた。これは大学もだ。

学費を払ってくれる親もなく免除される優秀さもないから奨学金を取り、働き、学び、それで卒論を書いた。ボクも取り寄せて読んだがたいした出来ではなかった。あれは着眼点からしておかしい。

その後修士に進み、博士に進み。しかし望んだ研究を続けられる職にはつけず、正規の大学教員にもなれず、今でもバイトをしている。何もかも上手くいかず、望んだ通りにはならず、女性にもモテず、お金もそれほどない。

ボクには、キミの人生は絶対に無理だ。イヤだ。なのにキミは、それでも折れなかったじゃないか。曲がりなりにも博士号を取り、彼方の銀河に手を伸ばしたじゃないか。

キミには才能がない。天文学者として業績を残すことができる可能性は低いだろう。ボクはずっとそう言ってきた。今でもそう思う。なのにキミは進んできた。ただ好きというだけで、星々の世界に魅せられたというだけの凡人が、一歩一歩、いやボクから見れば一歩にも及ばない摺り足のような動きで、だが進んできた。その姿は、無様で、滑稽で、そして」

おそらく、この半年の間、彼なりに昴に対して思うところがあったのだろう。それが、一斉にぶちまけられているのだとわかる。薩摩がまくし立てた長文は、何もかもが上手くいかなかった昴の半生。こうして改めて列挙されるとなかなかに酷い。だが、それを語る薩摩の言葉には温度があった。たしかな熱があった。

「そして、カッコよかった。そんなキミを尊敬することの、何がおかしい！　ボクはキミが後世に残る発見をすることに期待している。限りなく低い可能性を、信じている!!」

以上、証明終了。Q.E.D.。薩摩はまるで、そう叫んだかのようだった。

呆れる。呆れてしまう。今言われたことの大半は悪口だ。お前はこんなにダメなのだと、これから先も多分ダメだろうと、そう言っている。なのに。

昴は、泣きそうになった。哀しかったからじゃない。怒りからでもない。知っているから。薩摩は、皮肉を言わない。皮肉に聞こえるだけでそれはすべて薩摩の本心だと、知っているから。

そんな薩摩が最後に叫んだ言葉に、震えた。

昴は、どこかでずっと諦めていた。自分なんかに、と思いつつ、それでも捨てることはできなくて、歩いてきた。それを、薩摩は知っていた。

限りなくゼロに近い可能性を、信じていると言った。

「失礼。声を荒らげてしまった。疲れた。あとでココアを淹れてくれ。ボクらしくもないな。以上だ。キミに少しでも思うところがあるのなら、まずは空を見上げてくれ」

すとん、と無表情に戻った薩摩が人差し指を立てた。

「……え？　なんで？」

「ボクの目は節穴じゃあないぞ。キミともあろうものが、もう何か月も天体から目をそらしていることに気づいていないと思うのか」

　昴は言葉に詰まった。薩摩のくせに、とも思う。

「それができないのなら、これを見るといい。なおこの流れは、店長に相談した成果であることをここに紹介しておく」

　なるほど。入れ知恵ありきのことか、と思う。それにしてもこの男は恋人のことを店長と呼んでいるのだろうか。

「何を見ろって？」

　薩摩が渡してきたのは、彼のスマートフォンだった。ある記事のページが表示されている。ちらりと見ただけでわかる。昴たちのプロジェクトチームに先駆けたインド工科大学のチームについての記事だ。写真に写っているのは、その中心となったインド人の天文学者であろう。

「このチームの成果なら知ってるよ」

　昴はそう言ってスマホを受け取るのを拒んだ。研究者の端くれとして、先行したチームの成果は把握している。もう少しで最遠の銀河は見つかるのであろう。今一度、彼らの成功についての記述を読みたいとは思わない。

「学術的な記事じゃない。インタビューだ。その人物が手にしているモノを見てくれ」

「……何を……。あ」

記事の上部に掲載されている写真。そこにはインド工科大学の研究チームの中心メンバーである天文学者が写っている。彼が手に持っているものには、見覚えがあった。間違えるはずがない。これは、昴の父が作った天体望遠鏡だ。

全身の毛が逆立ったような感覚があった。血が凍り付いたような、あるいは逆に沸騰したような衝撃。はっきりと思い出せた、父親の声。

「そうだ」

「……これって……」

「インタビューを読むんだ。キミは英語を読むのが遅いが、この程度なら数分もかからないだろう」

言われるまでもなく、昴は記事を読み進めた。そこには、彼が天文学の道を志したきっかけについてのインタビューが掲載されている。彼が手にしている天体望遠鏡は、きっかけそのものであり、ずっと大切にしているのだと。

電流が、昴の体を走ったようだった。昴はこのインド人研究者のことを全く知らない。当然、彼も昴のことなど知らないだろう。全く無関係の他人だ。

だが、だからこそ、昴は目を閉じた。そうしなければ、そこから滲む液体を止められそうにもなかった。感動した、感動したとしか言いようがなかった。

このインド人研究者はおそらく天文学の歴史に名を残すだろう。だがそれも永遠ではない。きっといつかは忘れられていく。世界から存在の痕跡は薄れていく。他のすべてと同じように。

だがそれを言うのなら、写真の彼が手にしている父の天体望遠鏡はもっとだ。もうとっくに消えてしまったと思っていた。

でも違った。

昴は、目の周りを乱暴に拭い、空を見上げた。気が付けばそうしていた。

そこには、無数の煌めきがあった。ずっと見つめていて、なのに目をそらしていたもの。

それは変わらずそこにあった。視界の滲みが収まっていき、輝きが心に刺さる。

「ああ、綺麗だな」

たった一つのシンプルな感想。夜空に瞬く星々はかなしいほどに綺麗だ。

人は星を見上げて自分の矮小さを知るという。その通りだ。遥かな距離、遥かな時を超える星々、銀河。比べれば一瞬の時しか持たない人々。その一人にすぎない自分。

だけど、あの星に名前を付けたのは人だ。あの銀河の形を解明したのも人だ。

あれはシリウス、あれはオリオン座、あれは天の川銀河だ。

誰かがそう名付けて、何世紀も残っている名前。

クロエの言葉が思い出された。

人は皆死ぬ。その存在はいつしか忘れ去られ、生きた痕跡すら消える。

愛した人が、時に流されいなくなるのが辛い。

その、通りだ。だけど、違うのかもしれない。

今は、そう思えた。とっくに死んでしまった父の命が、すぐ近くに感じられたから。

もしかしたら。もしかしたら人は、時を超えられるのかもしれない。

自分はハッブルじゃない、ホーキング博士でもない。薩摩が言うように特別な人間なんかじゃない。父と同じだ。

だけどそれでも、懸命に手を伸ばせば届くのかもしれない。どこかに。誰かに。

薩摩が見せてくれた写真に写る天体望遠鏡が、昔はただの輝きにすぎず今は名前を持った星々が、そう教えてくれているようだった。

「昴？」

長いこと黙ってしまっていたせいで、薩摩が心配そうに覗き込んできた。長身の彼がそうすると、腰が苦しそうだ。大変不本意だが、薩摩には感謝するしかない。

「ごめん。大丈夫」

昴は洟を啜ってそう答えた。

「ありがと。なんか、すっきりした」

どうしてあんなに美しい空を見ないでいられたんだろう、と思う。同時に、自然と決意ができていた。

届くかどうかなんて知らない。届かないかもなんて考えない。それを、クロエにも伝える。彼女と再会して、それから——。

そうだ。彼女は救えますか？　と聞いた。それは救ってほしかったからじゃないのか。

彼女は、いつか必ず別れるのだからもう誰も愛したくないと言った。それでも、人と関わってきたのは何故だ。

彼女は、プレアデス星団が好きだと言った。いつまでも仲の良い家族みたいだから、と。

きっと、諦めきれないから。僕と同じように、尊いと感じたそれを、自分には無理だと思っても。傷つくのが怖いからどうせ無理だと言い聞かせながら、それでも諦められずに心のどこかで求めてきたから。

それなら、僕は。

「僕は、永遠を目指す」

昴は、星空に向かって手を掲げ、その一部を掴むように握りしめた。

父の天体望遠鏡が、時を超えて見知らぬ外国人の心に残った。その事実が、今は亡き父の存在を昴に感じさせてくれた。

なら、永遠を生きる彼女に同じように感じてもらうために、傍にいるために、やることは決まっている。

「キミ、何言ってるんだい？　比喩的な表現はわからないからやめてくれ。あといい加減寒いから部屋に戻ろう。ボクは話し疲れたからココアを頼む」

「イヤだね。薩摩が淹れろ。これから女性と一緒に住むんだろ？　気を使う練習をしろ」

昴はそう言って、愛すべき変人の天才の肩を軽く殴った。

※※

決意と覚悟ができても一気に物事は解決しないし、目標には少しずつしか近づかない。学問の世界では、それがより顕著だ。

昴はプラネタリウム番組の制作会社の誘いを断り、大学に残った。特定准教授の任期が切れたのでただの研究員となる。収入が大幅に下がった。そんな中で、とにかく論文を書きまくる。論文を書くためには学会の最先端の情報に触れている必要があるから大学に残ったわけだ。

さまざまな研究機関から得られるデータを分析し、仮説を立て、論文を書く。籍を置いてもらっている関係上、研究室の中村教授の助手のようなこともする傍ら、ひたすらに自分の研究も進める。

やっていることは以前とあまり変わらないが、その質は大きく変わった。停滞はしない、たとえ間違っているかもしれなくても最後まで突き詰める。結果間違っていたらその結果を分析してまた初めから。トライ&エラーに次ぐトライ&エラー。できた論文は提出し、評価を受ける。これを繰り返すことで研究者としての信頼と実績を積む。気が遠くなるほど遠い目標に向けてできることは足元の一歩だけだ。もちろん生活はかなり苦しい。

「行ってきま……」

アパートの部屋から出るときは、つい癖でそう言いかけて、やめる。薩摩はもういない。そんな日々になかなか慣れない自分にふっと笑って、また研究室に出向く。

海外も含めた各地で行われる学会にも可能な限り出席した。観測提案を公募している天文台には提案書も出した。新しい観測方法が発表されるたびに、焦燥感を持ちつつも取り入れるべく学んだ。

昔は、多くの天文学者やアマチュア研究者たちが彗星の発見を求めていて、そんな彼らは彗星の狩人と呼ばれていた。昴は、銀河の狩人になるつもりだった。

「あー疲れた」

「おかえり」

「勝手に入るなっての」

時々、帰宅すると薩摩が当然のようにリビングでゲームをしていることがあった。店長とケンカしたらしい。そりゃそうだろうよ。ウンザリしつつもやっぱり笑った。

そうしたことを繰り返すうちに、再び任期付きの特定准教授になった。天文学に関連する書籍や映画の監修の仕事が入るようになった。時々、小学生向けの天体イベントなんかにも呼ばれた。そうしたことを続けて、一度ダメだったプロジェクトの機会を待った。

そのうち、別の大学での勤務の話がきた。少し立場が上がった。

学生たちへの講義をするようにもなり、だが自分の研究や観測提案はそれまで以上のペースで行った。やがて、そのうちの一つが大きな評価を得た。といっても、昴にしては、という程度のものだが、一応世界的な専門誌にＳＵＢＡＲＵ　ＴＯＮＯの名前が出たのだ。

夜空の星座は巡る。はくちょう座、カシオペア座、オリオン座、おとめ座、そしてまたはくちょう座。

いくつもの夜を越えて、いつか彼女に会いに行くために。

「いらっしゃいませ」

「何やってんの？　薩摩」

まさか薩摩が先に結婚するなんて予想もしていなかった。『ＺＵＺＡ』に行った際に店番を任されていた薩摩に遭遇したときは店長の正気を疑った。案の定、客商売ができるはずもない薩摩は問題を起こしていた。それにしてもフィールズ賞受賞の数学者がレジにいるベーカリーは世界であそこだけだろう。

そんな『ZUZA』に行く機会も減った。引っ越したからだ。新しい職場である大学に通うには海辺のあのアパートは遠すぎた。

機会が巡ってきたのは、色々な思い出がある湘南のあのアパートを出た、次の日だった。より遠くにある、人類にとっては未発見の銀河、宇宙創成から間もなく生まれた銀河。新しくて古い銀河を見つけるプロジェクトに参加できることになった。今度は、昴が観測提案の責任者である。あのときより、規模が大きく予算もある。

銀河を見つけるための天文台、日時、天域。これまでに積み上げてきたものを総動員してそれを定め、観測を行う。

ニュースにもなった。天文学という分野は一般からはやや距離があるから、あくまでも一部の人々にしか届かないニュースだが、世界中に発せられた。

『スバルさんが天文学の世界で成功することを祈っているわ。世界のどこかにいる私が、いつかスバルさんのニュースを耳にするの。素敵でしょう』

あの言葉から、五年がたっていた。千年を生きる彼女が五年という月日をどう感じるのか、昴にはわからない。だが、この時がきたら伝えるべきことは決まっていた。

昴は先日、インタビューを受けた。いつかのインド人天文学者よりも小さな記事で紹介されるだろう。でも、彼女は見てくれている気がして、だからインタビューの中で語った。

『僕がこうしてもう一度、まだ誰も知らない銀河に挑戦する理由の一つは、ある人のためです。その人の問いかけに、僕はあのとき答えることができなかった』

私を救えますか？

永遠を生きる彼女が恐れること。寄り添った人の命が潰えて、消えてしまうこと。

救えるはずがないという内心から漏れたであろう言葉。

『今は、答えることができます。それを伝えたいです』

昴が、その天文台を銀河を観測するための場所に選んだのは、偶然だった。様々なデータと推論の結果として、そこが最も可能性が高いと判断した。いつか彼女と話した場所だからという感情的な理由からではない。しかし、それはある種の必然だったのかもしれないとも思う。

『ラ・パルマ島。僕はそこに行きます。銀河を見つけるために、その人に会うために』

二人が、いつか行きたいと話した島。地球上で最も美しい星空の下にあるその島。

あのインタビューに気づいたクロエが来てくれることを祈って。

彼女が、もうそこで待っていてくれる気がして。

※※

スバルのニュースを見つけたとき、クロエは胸を押さえた。

インターネットを勉強したのは、こうしたニュースが発信されたときに気づくためだったし、いつかこんな日がくることを願っていたから。

よかったわね。なんだか少し精悍（せいかん）になったみたい。懐かしさと温かさを覚えた。もう会うこともないスバルの写真にそんな感想を覚えて、チクリと胸が痛んだ。

そのニュースを見つけたのは夜だったから、窓を開けて空を眺めた。いつか、彼から教えてもらったこの島の星空は、本当に美しい。切なくなるほどに、煌めいている。

　ここにいると、日本の海辺で暮らした日々を思い出すことができる。寂しくても、思い出が温めてくれる。だから、クロエはここで暮らしていた。

　写真を見たあと、インタビュー記事に目を通した。記事越しでも、彼の誠実で真面目な人柄が伝わってきて、胸がいっぱいになりそうだった。本当は忘れないといけないのに、矛盾している。

　記事の結びのあたりまで来て、クロエは息をのんだ。

　スバルがこの島に来る。銀河を見つける観測のために、私に、会うために。

　顔が熱くなって、でも怖くなって。

　逃げ出したくなる。救われるはずがないのに、答えなんてあるはずがないのに。

　でも、スバルはいい加減なことを言う人ではない。どういうつもりなのだろう。

　気になった。迷った。どうせ世界中を転々としている身だ。スバルにしても、この島に自分がいるとは思っていなくて、呼びかけるつもりであんなことを言ったのだろう。なら、会えなくても仕方がないというものだ。記事に気づかなかったのかもしれないし、どこか別のところでの暮らしに落ち着いているということもある。スバルは傷つくかもしれないが、そのほうが彼のためだ。

観測を行うという日時は決まっている。それまでにここから離れることはできる。

それは、わかっているのに。もう捨てた気持ちなのに。

クロエは、その美しい島を出ることはどうしてもできなかった。バカだと思う、何を期待しているのだとも思う。

いつか、スバルに話したことを思い出す。

『たしかにみんな死んでしまうけど、あの人みたいにそこに愛を残していけるのなら、死んじゃっても寂しくないのかもしれないな、って』

それは、幼い希望。永遠に残るものがないことを知ってしまった。

『自分が死んじゃっても、愛しあっていた人たちがこの世界には生きていて、その人たちの中に思いを残せていけたらいいなって思えたんです。小さな幸せが、ずっとずっと続いていって、私もその一部になれるなら、幸せかもしれないなって』

それは、失くした願い。私は、続いていく愛の一部になんてなれない。

そのはずなのに、どこかで何かを願って。

星が巡り、夜が回り、クロエは決断ができないまま、その日がきた。

※※

ラ・パルマ島は小さな島だ。現地の言葉で『美しい島』とも呼ばれる、自然豊かで街の灯りが少ない、絵本で描かれる世界のような場所。

だけど人口はそれなりにいる。スバルたちのチームが先日この島に入ったということは知っているが、クロエのほうから天文台にでも行かない限り、きっと会うこともないだろう。クロエは自分にそう言い聞かせ、落ち着かない気持ちでいつもの仕事をこなした。

地元でだけ飲まれるワインを作っている小規模なワイナリー兼葡萄農家、家族経営のそこで、クロエは働かせてもらっていた。ふらりと島にやってきた自分を働かせてくれている気のいい家族にはとても感謝している。

葡萄畑で働くのは初めてじゃなかったし、昔ながらの製法でワインを作っているこのワイナリーの仕事は苦ではなかった。こうして、畑での仕事がいち段落したあとに、夕日に照らされ輝くような葡萄畑を見るのも好きだった。

「クロエ、先に戻ってるよ！」

ワイナリー一家の娘が、クロエにそう声をかけた。まだ十代の彼女は、あまり葡萄畑には興味がないらしく、仕事が終われば他のみんなと一緒にさっさと帰っていく。

「ええ。私はもう少しここにいるわね」

間もなく、陽が落ちる。そうすると、星が瞬き始める。黄昏時を経て、空が群青に染まっていく瞬間を見ていたかった。この島にスバルが来ているのなら、彼もきっとそうするだろう。たとえ会うことはなくても、せめて同じ空を見たかった。

葡萄畑を見下ろす丘。そこに生える古木の根元に座り、畦道の向こうの水平線に目を向ける。

太陽が海に溶けていくなか、それを背にして畦道をやってくる人影が見えた。

クロエはそれを、錯覚だと思った。自分は、そんなにも想いを募らせていたのか。

だけど違った。夕日を背に、こちらにやってくる相手のシルエットが大きくなっていく。

モジャモジャの髪型、細い体つき。そして、あの瞳。

彼も、クロエに気が付いたようだった。

「……お久しぶりです。クロエさん」

彼は、スバルは懐かしくて柔らかい笑顔を見せた。

※※

「ど、どど、ど……!?」

古木の根元から立ち上がったクロエは慌てていた。基本的にはいつも大人っぽく落ち着いているというか、優雅な雰囲気を漂わせている彼女だが、感情的になったときはこうして少女のような面を見せる。変わっていなくて、嬉しかった。

「どうして？」

クロエの疑問に答えるのならば、現地ガイドを通して島の住民たちから聞いた情報を頼りにやってきたから、となる。確証があったわけではないが、可能性はあると思った。

ここ数年でこの島にやってきて一人で暮らしている亜麻色の髪の女性。とびきりの美人、昔の知り合いで名前はクロエ。普通ならやや怪しい人探しかもしれないが、人畜無害そうに見える昴の風貌のためか、天体観測にやってきた学者チームというある種の保証のためか、候補はすぐに見つかった。

が、そうした経緯を話すより前に、彼女には伝えたいことがあった。過去二回、それを言いかけては遮られている。一回目は、イングランドに帰るという嘘で、二回目は呪われているのだという真実によって。

だから今度はその前に、まず一番初めに大切なことを。

もちろん緊張もするし、恥ずかしい。こんなに遠いところまで会いに来て、前置きもなしだ。でも、絶対にそうすると決めていた。目をそらしたくなるが、そうはしない。まっすぐに、彼女のブルーの瞳を見つめて、言う。

大切に、そっと。でも確かに、はっきりと。

「クロエさん、僕は貴方が好きです。ずっと傍にいたいです」

※※

紫に染まっていく空を背景とした迷いのない告白に、クロエの心臓が跳ねた。

自分が、どういう感情なのかわからない。

嬉しい、という気持ちもある。だがそれ以上の戸惑いと混乱、そして哀しさがあった。

どうして、彼はこんなことを言うのだろう。はっきりと伝えたはずなのに、失うことが怖いから、もう温もりはいらない。約束された死別、そしてその後世界からその人の痕跡と記憶が消えることで訪れる本当の死別。もう二度と耐えられない。

何も言えないままでいるクロエに、スバルは言葉を続けた。とても優しい、だけど力強い声が葡萄畑に溶けていく。

「わかってます。あのとき、プラネタリウムでクロエさんが話したことはちゃんとわかってるつもりです。だけど」

スバルはそこで一度言葉を止めた。俯き、深呼吸をして、それからもう一度顔を上げて。

「僕は、消えません」

葡萄畑を抜ける風が、スバルのふわふわの髪を揺らした。

何を言っているのか、わからない。それなのにどうしてだろう。強い想いが込められていることがわかる。

「だ、だってスバルさんは……」

普通の人間じゃないですか。泣きそうになりながら、まるでダダをこねる子どものようにそう言いかけて今度はクロエが言葉を止めた。

「はい。たしかに、僕はいずれ死んでしまいます。でも気づいたんです。ええっと、おかしいな。ちゃんと話す順番考えてきたのに。……ちょっと待ってください」

スバルはそう言うと、コートの内ポケットから一枚の紙きれを取り出した。何かの記事をプリントアウトしたもののようだった。記事の上部に写っているのは知らない人だ。だけど、その知らない人が手にしているものは知っていた。見たことがあった。

「少し前のニュースで、その人はある発見をした天文学者です。で……、その人が手にしている天体望遠鏡なんですけど……」

「スバルさんのお父様の望遠鏡、ですよね」

あの頃のように、一言一言を誠実に慎重に紡いでいくようなスバルに、クロエは思わず答えていた。スバルは驚き、照れくさそうに笑った。

「びっくりしました。よく覚えてますね」

「……忘れません。だって、この島のことを話した夜に、見せてくれた望遠鏡ですもの」

美しい星々のもとにある美しい島、砂浜でその話をした夜。クロエには特別な記憶だったし、何度も思い出していたから。

「ありがとうございます。そう、父さんの望遠鏡です。この記事の天文学者は、子どものころにインドの怪しい古物店でこの望遠鏡を見つけたんだそうです。そして、この望遠鏡でプレアデス星団を見たことがきっかけでその道を志した、今でもこの望遠鏡を大切に持っている、と書いてあります」

一番星が葡萄畑の上に輝くのが見えた。これからどんどん星の数が増えていく、夜が始まる合図だ。クロエには、名前も知らないインドの天文学者が嬉しそうに抱えている望遠鏡が、星の一つのように輝いて見えた。

※※

あたりはますます暗くなり、近づかなければクロエの姿がシルエットのようにしか見えない。昴は一歩だけ彼女に近づき、持ってきていたランタンを灯して掲げる。同時に、彼女も歩み寄ってくれた。

「僕は嬉しかった。父さんの天体望遠鏡がこうして記事に載ったからってこともあるけど、それだけじゃないです。父さんが一生懸命作った望遠鏡は、こうして誰かの何かとして受け継がれていくんだってことに気づいたからです」

昴はあまり口が回るほうではない。だからこの気持ちを上手く伝えられるか自信がない。それでも伝えたい。世界中の誰よりも、彼女に。

「父さんはとっくに死んでしまったけど、父さんが生きた証は彼の中にある。ほんの一部かもしれないけど、たしかに。そう感じたとき、僕は父さんが傍にいるように思えたんです」

いつか、似たような話をクロエにしたことがある。ハッブルやホーキング博士の功績や発見は後世に受け継がれ、死後も残ることがあるのだと。

しかしあのときは、あれは特別な才能を持つ特別な人たちのこととして、昴自身には関係のないことだと思っていた。でも違う。

「この世界にはたくさんの人がいて、みんな死んでしまう。だけど、死んだあとも残るものはある。誰にだってある。そう思うんです」

父さんは普通の人だった。ただ懸命に生きているだけの普通の人だった。それでも世界のどこかの知らない誰かに大切な何かを伝えることができた。そしていつか、この記事の天文学者が見つけた、あるいは見つけられなかった何かが、他の誰かに何かを伝えていく。

それは、一部の天才や偉人だけが持つ特権ではない。そう、気づけた。

人は時によって消えるわけではない。水滴が川の流れに加わるように、時の一部になっていく。星の生涯に比べれば一瞬にすぎない人の命、けれどそれは個人を超えていく。

僕にだって、きっとできる。

「すみません。何が言いたいか、わかりにくいですよね」

後頭部を掻いて、力なく笑う。しかしクロエは、肩を震わせて首を横に振ってくれた。

彼女は、力ない声で答えた。

「けれどやっぱり、何年も何十年も……何百年もたてば、その人が生きた証や伝わったものは薄れていきます。形を変えて誰かの中に残り消えないということが真実だとしても」

わかっている。昴の話したことは間違っていないとは思うが、それを感じることができるかどうかということは別の話だ。他の誰でもないクロエにとってはなおさらだ。

だから、ここからは決意の話だ。

父が懸命に作った天体望遠鏡は、数十年の時を超えた。

天文学の世界に功績を残した先人たちは数百年数千年を超えた。

僕も、彼らのようにただ懸命になろうと決めた。そう、永遠を目指して。

昴は拳を握りしめ、伝えた。

「僕は違います。僕は必ず新たな銀河を見つけるから」

言い切ったのは、初めてだった。だけど前から決めていた。彼女に最初に宣言するのだということを含めてだ。

葡萄畑の上、夜になった空には無数の星が輝き始めていた。まだわずかに陽の名残がある時刻でこれなのだから、さすがは地球上で一番の星空が見える島だ。クロエは満天の星の下、胸を押さえて昴を見つめていた。

「正直に言えば、今回の観測で見つかるかどうかはわかりません。けど、もし見つからなくても得られるものはあります」

それは見つけられなかったという事実。だから失敗などではない。積み重ねていけば、いつかはたどり着けるはずだから。それが、星々の世界に迫るということだから。

「何度でも挑戦して、一生を懸けて、必ず見つけます」

断言する。もう可能性や才能のことなんて考えない。そうせずにはいられないからただ追い求めるだけだ。知りたいから、摑みたいから、そして救いたいから。

死者を指して『星になった』と表現することがある。あれはきっと星が永遠のものだという感覚があるからだ。人は死に、草木は枯れる。大地や海でさえ、人が生きるわずかな期間の中で形を変えることがある。しかし星は違う。いつでも必ずそこにある。

だから人は、失ってしまった大切な人をずっと変わらず傍にいると感じるために星になったと口にする。

もちろん、本当に人が死んで星になるなんてことはない。天文学者である昴はそう思う。

けれど、そう感じてもらうことはきっとできる。

「僕は見つけた銀河に名前を付けます。きっと本としても残るし、天文学の業績としても語られます。そうしてみせます」

顔が熱い。とんでもないことを言っている自覚はある。しかもキザだ。きっと赤面しているし、そういう意味ではあたりが暗くてよかったとも思う。ただ、適当な誤魔化しや希望的観測を口にしたわけじゃない。本気だ。

どちらから歩み寄ったのだろう。いつの間にか、風にそよぐ髪の様子がわかるほど近くにクロエがいる。

「……スバルさん」

こちらを見上げる彼女の濡れた瞳に、星の瞬きが見えた気がした。

不安、哀しみ、切なさ。瞳にたたえたそれが、晴れることを願って。

こんなのは詭弁かもしれない。ただの慰めにすぎないかもしれない。それでも、彼女のために僕にできる唯一のことだから。彼女の寂しさを、ほんの少しでも癒せるように。

「僕が死んだあと、夜空を見上げた貴方がいつでも僕のことを思い出せるように。僕といた日々が幻なんかじゃないと思えるように。遥か遠くの銀河になって、ずっと傍にいます」

二人なら、それが叶うと信じて。昴はクロエに手を差し伸べ、告げた。

※※

差し出されたスバルの手は、震えていた。星と小さなランタンの灯りのもとでもそれがわかる。こんな場面でこんな告白を受けておいて、とはわかっているけどそれでもクロエは彼を可愛いと感じた。同時に、とても頼もしくも。

記憶にあるスバル。コインランドリーや砂浜、講義室で話した彼は、どこか控えめで、ともすれば弱々しさを感じることもあった。そんな彼が、震えながらもこんなにも強い言葉を口にしてくれた。それができるまでに、五年の月日がかかった、ということなのだろう。この告白は彼なりに精一杯生きた証だ。

嬉しかった。そう思ってはいけない、そんな気持ちがどこかに吹き飛ばされてしまうほどに嬉しくて、胸が詰まる。静かな電流に全身が感電してしまったような痺れがある。

これまで悩み、苦しんでいたことが、もしかしたらただの錯覚だったのではないかと思わされる。春の風にコートを脱がされたような、流れ星を見て嫌なことを忘れてしまうような感覚がある。とても不思議だ。

そうせずにはいられなくてそっと彼の手に触れる。

スバルの右手が私の左手と繋がった。

「スバルさん、震えてますよ」

くすりと笑って、スバルの手の震えを受け止める。繋いだ手は、温かかった。

「本当に、おかしな人」

出会ったばかりのころから、そう思っていた。今はもっと思っている。何を好きこのんで、こんな自分の傍にいてくれると言うのだろう。

「おかしい……ですかね？」

スバルは首を捻った。とても頭のいい人だろうに、そんなことはわからないらしい。

「あの……？」

手を繋いだままでいるクロエに、スバルは不思議そうな顔をした。

ああ、そうか。答えなくちゃいけないわね、と気づく。

「スバルさん」

彼の目を、見つめる。この澄んだ目が何億光年も遠くの星の群れを見つけるのだという。

そんなことができるのか、クロエにはわからない。それがどれほど難しいことなのかすらわからない。けれど。

信じようと思った。信じたいと思った。

スバルのことを。

そして愛や知といったものが、限りある命や時を超える永遠のものであるということを。いつか口にしたような夢物語の希望としてではなく、たしかにここにある真実として。

　クロエは震えを止めて代わりに手汗をかいているスバルに笑いかけた。

「スバルさん、私のほうがずっとお姉さんだってことは、ご存じかしら」

　お姉さん、なんていう言い方はちょっと図々しかったかもしれない。千年以上も年上なのだから、おばあちゃんのほうが多分適切だ。でも、そう言いたくなかった。

「わ、わかってますよ……」

「ふふ。涙目になってるじゃないですか」

「それは……クロエさんもそうだと思うんですけど……」

「あら」

　言われてみればさっきから目のあたりが熱い。耐えていないと、洟を啜ってしまいそう。

　私は、自分でも驚いてしまうほど彼のことを愛しいと感じてしまっているらしい。いつか彼を失うのは怖い。きっととても寂しい。けれど、そのときに見上げた空の先に、彼が名付けた銀河があるのだとしたら、ほんの少しだけ。

　本当に少しだけだけど。傍にいてくれるのだと思える。この温かさを思い出せる。

永遠に忘れないでいられる。

だから、私は。

「私も、スバルさんのことが好きです。ずっと、ずっと一緒にいてくれますか？」

そう、尋ねた。そして繋いだ手を引き、彼の細い体を抱きしめる。ランタンに照らされた二人の影が、一つに重なった。

細いけれど、意外にゴツゴツしていて硬い。人を抱きしめたのはどのくらいぶりだろう。もう思い出せないほど昔だ。とても心地よい。

スバルは急に抱き寄せられたことに一瞬戸惑い、体を硬直させた。しかしすぐに、そっと抱きしめ返してくれた。緊張しているのか戸惑っているのか、その全部か、どこか腕の力が弱々しく遠慮がちだ。

「はい。ずっと」

それにしても、ずっと、という言葉が笑ってしまうほど重い。文字通りの、ずっと。

でもスバルは、果てしないほど重いはずの言葉を、ふわりと受け止めてくれている。

これでもずいぶん長く生きてきたので、色々なことを考える。

このあと、普通の恋人同士のように過ごしたあとに普通にケンカをして、普通に別れるという可能性だってある。それでもいい。いや、やっぱりよくない。

「あ、クロエさん。あそこ」

「はい？」

「プレアデス星団です。やっぱり、ここで見るとすごいですね」

抱きしめあっていても、すぐに星のことに気が付く。さすがだなと思う反面、おかしな人とも思う。

「本当ですね。とても、きれい」

「はい。綺麗ですね」

「それはそうとスバルさん」

「はい？」

「もう少し強く抱きしめてください」

「は、はい」

慌てるスバルがおかしくて、応えてくれる腕が嬉しくて、クロエはあまりたくましくはない胸元に顔をうずめて気づかれないように笑った。

横目にはプレアデス星団の輝きが映る。

プレアデス星団の星々は、何千万年も一緒に輝いている。その在り方をかつて羨ましいと感じた。眩しいと思った。私は、私たちはあんな風になれるだろうか。それは大いに疑問だ。もちろんそうありたいけど、難しいことだ。

でも期待はある。

これは日本を出てから調べて知ったことだが、プレアデス星団には別の有名な呼び名がある。素敵な偶然もあるんだな、と思った。

プレアデス星団。和名を、昴。

※※

自らの腕の中の華奢な体から感じる体温が信じられなかった。でもこれは現実で、それも昴がずっと願っていたことだ。

夢みたいだ、と思う。一方で、こうなったからにはもう本当にやるしかないぞという怖さも少しある。もちろん、後悔はない。今度もしない。信じてくれた彼女のためにも。

あえて口に出さなかったのは、もう一つの可能性。そっちは確証がないし、だから彼女に過度な期待を持たせたくなかった。裏切ってしまったらとても悲しいだろうから、これは僕一人だけで抱えていくつもりだ。

不滅の者の愛で、彼女の時の呪いは解けるという話だ。

昴はもちろん死ぬ。だけど、その名が永遠に語り継がれるものであれば、あるいは。

人の本当の死は、誰にもその存在を忘れられたとき。もしそうだというのなら。

僕は不滅の者になりたい。

それは途方もない話だ。例えばハッブルだって、いやモーツァルトやゲーテや大谷(おおたに)翔平(しょうへい)だって、長く語り継がれはするだろうが永遠というのは難しいだろう。

生涯をかけて、彼女の不死の呪いを解く。天文学者としてそれだけの成果を残す。

それはつまり、彼女を殺すという誓いになるわけで、ここだけ人に聞かせるとかなり危ない話に聞こえるだろう。けれど本心だ。

降ってきそうな星空、抱きしめた彼女。

いつか、彼女を殺せますように。

星に、銀河に、そう願っている。

彼女の髪が、抱きしめている右手に触れた。日本にいるときより、ほんの少しだけ髪が伸びているような気がした。

エピローグ

　これが、今から五十五年前の話。嘘みたいな、僕と彼女の物語だ。今こうして思い出すと、ずいぶん昔のような気もするし、最近のような気もする。

　僕はすっかりおじいちゃんになり、今は病室にいる。あのときの誓いの結果が、もうすぐわかる。いや、大体のところはもう、わかっている。

　いざその時がくると、とても悲しい。あのときの僕は、やっぱり死というものが身近ではなかったのかもしれない。けれど、彼女は違うらしい。

「……スバルさん……？」

　病室のベッドに寝ていた彼女が目覚めたらしい。ベッドサイドの椅子に腰かけ、彼女の手を握っていた僕に、細い声がかけられた。

「あ、起きた。大丈夫？　お医者さん呼んできましょうか？」

「いいの。傍にいてください」

「お水、飲みますか？」

「今はいいわ」

僕は、今でも彼女に敬語を使うときがある。彼女も敬語交じりだ。それは別に僕らの仲が疎遠だからというわけではない。ただのクセみたいなもので、お互いにそのほうが落ち着く。

「長い、夢を見ていました」

「どんな夢ですか？」

「懐かしい夢。ふふふ。スバルさん、すごく震えてました」

「もしかしたら、僕も同じことを思い出していたかも」

「あら。そういえば、サツマさんは元気かしらね」

「アイツなら、この前、二歳の孫に連立方程式を教えるにはどうすればいいかで真剣に悩んでたよ。天才のくせにバカだからなぁ」

「まぁ、ひどい」

僕らはそう言って笑った。薩摩は生涯を通して困ったヤツだが、こうして僕らにささやかな微笑みを提供してくれるのでまあ許す。

「いろんなことがあったね」

僕は、握った彼女の手に力を込めた。

「そうね。本当に、いろいろなことが」

彼女も僕の手を握り返したけど、その握力は弱々しい。

いろいろは、いろいろだ。この五十五年は彼女にとっては直近のわずかな期間かもしれないけど、その前の千年とは色々な意味で違うはずで、僕らが過ごした年月には様々な思い出がある。どれも、かけがえのないものだ。

「私、もうすっかりシワクチャよね。貴方のせいよ。スバルさん」

彼女は、空いているほうの手で自分の顔の皺を撫でた。セリフとは裏腹に、その声は穏やかで、愛しさを帯びている。

「そうだね。僕のせいだ」

彼女の顔は皺だらけで、亜麻色だった髪も白くなっている。フェルメールが描いた真珠の耳飾りの少女本人は、おばあちゃんになった。それは文字通り、僕のせいだ。でも僕はそんな彼女を綺麗だと思うし、彼女もきっとそう思っている。

「みんなは?」

「いるよ、ここに」

彼女は、もう目が見えていない。この病室に家族がいるのがわからない。だから、皆がかわるがわる彼女に触れて、声をかけた。

愛を残して死んでいくおばあちゃん。いつか彼女が口にした夢は、もうすぐ叶う。医師からは、今夜にもそうなってもおかしくないと言われている。僕はやっぱり寂しいけど、泣かないと決めている。

「ねえ、スバルさん」

みんなと話したあと、また彼女は僕の手を握った。僕も彼女も、手が皺だらけだ。

「私ね、貴方と出会えて、とても幸せでした」

「僕もだよ」

それが、最後の会話になった。握った手から力が抜けて、彼女は逝った。

千年の呪いは、終わった。

どうやら目指した者になれたらしい僕は、やっと一粒の涙を流した。

お疲れ様、逝かないで、愛してる、さようなら、ありがとう。

※※

近い未来。

専門書や百科事典、あるいはネット辞書。多くの文書に、彼の名前は記されている。

遠方銀河をいくつも発見し、宇宙創成の手がかりを摑んだ一人、銀河の狩人と呼ばれた冬乃昴。その研究成果や発見、業績、あるいは生い立ちや友人関係など。様々な記載があるのだが、多くの文書に共通する記述があった。

愛妻家であり、その妻の死から一か月後、あとを追うように天寿を全うする。

※※

遠い未来。

地球外知的生命体探査や地球外文明へのメッセージを送信する試みは二十世紀半ばから行われているが、ある年に過去最大規模でのそれが行われた。

そのメッセージには地球の歴史や文化など、様々なものが内包されている。もちろん、その時点までの地球人類がたどり着いた宇宙の情報もだ。それはこの宇宙を生きる者にとっては共通する知の財産だから。

なお、宇宙の情報の中には、二十一世紀に発見されたという宇宙創成期に生まれた銀河についての記載がある。

銀河：ＣＨＬＯＥ
発見者：ＴＯＮＯ　ＳＵＢＡＲＵ
これらの情報をまだ見ぬ宇宙の誰かが受け取ることがあったとしても、それは遥かな未来のことになるだろう。もしかしたら地球が滅びたあとかもしれない。
それでも、メッセージは送られた。
人の、星の命をも超えて受け継がれる、永遠を目指して。

あとがき

こんにちは。喜友名(きゆな)トトです。初めましての方は初めまして、お久しぶりの方はお久しぶりです。このたびは本書をお手に取っていただいてありがとうございました。

あとがきなので、この小説について少しお話ししたいと思います。本作は私にしては珍しく『先にタイトルが決まっていた物語』でした。いつもは本文を全部書き終えたあと、編集者さんと一緒に悩みながらタイトルを決めるのですが、本作は内容をまったく考えていない段階でタイトルだけ決めました。これはもちろん、過去作の『どうか、彼女が死にますように』があったからです。『どうか』の次だから『いつか』です。そのあと内容を考えました。素直に受け取ると、まるで快楽殺人鬼の台詞(せりふ)のようなタイトルではありますが、そういう物語だと多分ボッを食らうことでしょう。なので、読後には意外な印象を与えるとともに、『ああ、そういう意味だったのか！』と納得もしてもらえるような物語を目指しました。読んだ方、どうだったでしょうか。

本作はざっくり言うと、星と人の、命と死についてのお話です。私は子どものころから星が好きでした。夜空に輝くアレが、遥か遠くにある大昔の光であることを知るよりずっと前、それこそ、記憶すら曖昧な幼児のころからです。本作の主人公、昴が言っている『星を見たときに感じる、あの気持ち』というのは、私自身が感じたままのものだと思います。『あの気持ち』がどんな気持ちなのか、一言で表現するのはとても難しいです。もしかしたら私は、この小説全文を通して『あの気持ち』を描こうとしたのかもしれません。

そんな感じでした。あと、おまけ程度に。本作には、ちょこちょこ私の過去作の登場人物たちが出てきます。なにしろ舞台が全部同じ街なので。なので、過去作も読まれている方は探してみてください。作者としては久しぶりに彼らを書いてみて、ああ、こいつらはあの後もそれぞれ生きてんだなー、とかちょっと思いました。

それでは最後にこの場をお借りして謝辞を。

親愛なる二人の同居人、いつもお世話になっている家族や友人、職場の皆様、版元であるKADOKAWA様、編集業務を担当していただいたストレートエッジ様、いつも素敵な表紙を描いていただいているイラストレーターのふすい様、SNSなどで楽しく絡んでくれる皆様、そしてこの本を手に取っていただいた貴方。皆様のおかげで本書を書き上げ、出版することができました。誠にありがとうございます。

それでは、さようなら。またいつかお会いできることがあれば幸いです。

<初出>

本書は書き下ろしです。

メディアワークス文庫

いつか、彼女(かのじょ)を殺(ころ)せますように

喜友名(きゆな)トト

2024年1月25日　初版発行

発行者　山下直久
発行　株式会社KADOKAWA
〒102 - 8177　東京都千代田区富士見2 - 13 - 3
0570-002-301（ナビダイヤル）
装丁者　渡辺宏一（有限会社ニイナナニイゴオ）
印刷　株式会社暁印刷
製本　株式会社暁印刷

Printed in Japan
ISBN978-4-04-915049-0 C0193

メディアワークス文庫　https://mwbunko.com/

本書に対するご意見、ご感想をお寄せください。

あて先
〒102-8177　東京都千代田区富士見2-13-3
メディアワークス文庫編集部
「喜友名トト先生」係